D0971095

SIX PERSONNAGES EN QUÊTE D'AUTEUR

LUIGI PIRANDELLO

Six Personnages en quête d'auteur

**INTRODUCTION DE GIORGIO PADOAN
TRADUCTION NOUVELLE ET NOTES DE ROBERT PERROUD**

LE LIVRE DE POCHE
classique

Ce volume a été conçu sous la
direction de Christian Bec.

INTRODUCTION

Aujourd'hui encore, le cas Pirandello résiste à la subtilité des critiques littéraires, car on n'a pas résolu l'énigme de la surprenante vitalité d'une œuvre qui a profondément marqué le théâtre italien et européen. Le sens théâtral, qui permit au dramaturge de représenter des syllogismes qu'on aurait tort de prendre pour des sophismes, ne saurait tout expliquer.

Né en Sicile à Agrigente en 1867 et mort à Rome en 1936 (deux ans après avoir obtenu le Prix Nobel de littérature), Luigi Pirandello est, on le sait, l'auteur de romans, de nouvelles et de nombreuses pièces de théâtre. La renommée de ces dernières s'imposa sur la scène internationale après de furieuses polémiques et des jugements très contrastés de la critique et du public. Le sens dramatique du dialogue, l'originalité et la hardiesse des idées finirent par captiver le public auquel Pirandello ouvrait des perspectives non conventionnelles. Les premiers romans et pièces de l'auteur mettaient en scène « une foule de personnages médiocres et vociférants, héros négatifs, victimes d'un univers petit-bourgeois, dépourvu de véritables idéaux ; un chœur anxieux et fébrile, au sein duquel se distingue, chaque fois, un cas douloureux » (De Castris).

Les histoires pirandelliennes contiennent, à l'évidence, une force corrosive qui s'attaque aux structures et aux contenus du théâtre italien de la fin du XIXᵉ siècle ; théâtre désormais replié sur un vérisme provincial et vieillissant, versant dans l'intimisme et le sentimentalisme.

Pirandello fustige le conformisme satisfait, l'adhésion vide aux lieux communs dissimulée sous une fausse prétention à l'objectivité, se plaisant à démonter, aux yeux des lecteurs et des spectateurs, le « bon sens commun », et les « mensonges conventionnels ».

Pour notre auteur, l'objectivité est illusoire : elle n'existe pas plus au théâtre que dans la réalité elle-même. Dès lors que tout est fonction du point de vue et de la subjectivité de l'observateur, chaque histoire présente mille facettes et chaque vérité ses différentes versions. En l'absence de toute véritable norme, la rationalité humaine s'avère une pure fiction et l'ordre social un système de persécution.

Au-delà de l'inquiétude existentielle propre à l'auteur, l'œuvre participe du climat culturel du début du XXᵉ siècle : de l'exaspération expressionniste à l'intolérance des avant-gardes, en passant par l'influence bergsonienne.

L'œuvre de Pirandello se situe aux confins d'une culture positiviste en crise et de l'essor des conceptions néo-idéalistes, spiritualistes et esthétisantes. Mais l'individualisme, qui, chez un auteur comme D'Annunzio, revêt une forme rhétorique et emphatique, s'exprime tout autrement dans la pensée pirandellienne : à l'exaltation de fortes personnalités, l'auteur sicilien oppose une vision de l'existence dominée par un sentiment de frustration et d'impuissance. Le protagoniste pirandellien est souvent un anti-héros assujetti aux opinions dominantes et ébranlé par des faits dont il ne peut se dire qu'en partie responsable. On a là deux manières, moins différentes qu'alternatives d'exprimer la faillite des valeurs morales et sociales de la société italienne des dernières décennies du XIXᵉ et du début du XXᵉ siècle. Contrairement à D'Annunzio et à d'autres, Pirandello ne laisse aucune issue à son lecteur et ne craint pas d'éradiquer ses dernières certitudes pour exprimer ses doutes et ses inquiétudes. Sans recourir aux négations retentissantes, mais stériles, de l'avant-garde contemporaine, il parvient ainsi à ébranler la rationalité factice d'un « ordre » apparent qui s'avère profondément mystificateur et menace la conscience individuelle dans son intégrité.

Aussi Pirandello prise-t-il les paradoxes et les anti-héros, mais son ironie, si elle frise parfois le grotesque, n'est jamais dénuée de compassion. Ce traitement cari-catural est nécessairement déformant : c'est là la force et la limite de l'art pirandellien. On imagine sans peine les réactions enflammées qu'une position aussi singu-lière suscita chez ses contemporains, et l'on ne s'éton-nera pas que spectateurs et critiques aient accueilli ces drames d'une très grande originalité avec une ferveur enthousiaste ou à l'inverse une grande froideur. Non seulement le dramaturge mettait en cause les formules consacrées du théâtre traditionnel, mais son relativisme solipsiste finissait, tout en adoptant la terminologie et l'esprit d'enquête réaliste, par désagréger l'essence même du réalisme.

Cette attitude critique à l'égard de la culture du XIXᵉ siècle s'inscrit dans l'atmosphère avant-gardiste de l'époque et dans le désarroi d'un après-guerre qui paraissait sceller la fin d'un monde en pleine décadence.

Six Personnages en quête d'auteur, généralement considéré comme le chef-d'œuvre du théâtre pirandel-lien, en est l'illustration. Conçue d'abord comme trame romanesque (dès 1917), l'intrigue prit la forme d'un drame théâtral en 1921. La première représentation au théâtre Valle de Rome fut un fiasco, mais la pièce connut vite le triomphe. Auparavant, dans *Gare à toi, Giacomino !*, *La Volupté de l'honneur*, *Le Bonnet de fou* et d'autres drames, Pirandello avait traité de certains comportements « anormaux ». Avec *Le Jeu des rôles*[1] et précisément *Six Personnages* (puis avec *Henri IV*[1]) l'enquête pirandellienne s'approfondit, interrogeant le rapport entre apparence et réalité.

Mais l'intérêt majeur des *Six Personnages* tient aux problèmes de poétique qui y sont abordés. Le canevas que Pirandello aurait pu emprunter au *Théâtre comique*

1. Le Livre de Poche, nº 13699.

de Carlo Goldoni[1] met en scène une compagnie d'acteurs en train de répéter le deuxième acte de son *Jeu des rôles*, pièce qui avait obtenu un accueil houleux. L'écrivain s'en sert pour mettre en valeur l'enjeu poétique de cette comédie[2] qui aurait échappé au public et aux critiques et pour défendre sa conception du théâtre. Reprenant spirituellement à son compte et par antiphrase les arguments de ses détracteurs[3], Pirandello décoche quelques flèches contre les auteurs de pièces récentes écrites dans l'esprit vieillot du théâtre bourgeois[4]. Cependant le sujet de la pièce est celui de la création artistique, thème dominant dans la réflexion de l'époque : on songe en particulier à l'esthétique idéaliste de Croce formulée dans le *Bréviaire d'esthétique* (1912), où le philosophe élaborait une conception absolue de l'œuvre d'art qui vivrait au-delà et en dehors de son auteur. En et par la création, l'imagination humaine poursuivrait, selon Pirandello, l'œuvre de la nature et la dépasserait même, puisque la créature artistique est une réalité non seulement douée de vie, mais d'une vie immortelle. Aussi les personnages qui accèdent à la vie artistique survivront-ils à leur créateur, dont le destin est de mourir. Pour Pirandello, l'auteur « est une sorte de démiurge qui projette le drame du personnage du monde immobile de la forme à celui de la vie en perpétuel mouvement, à savoir de l'œuvre en cours de

---

1. Le comédiographe vénitien voulant exposer les objectifs de sa propre réforme théâtrale imagine qu'une compagnie d'acteurs s'apprête à répéter l'une de ses comédies : c'est là l'occasion pour polémiquer avec le vieux théâtre et faire l'éloge du sien. – 2. « Vous (le Premier Acteur), vous êtes la raison, et votre femme l'instinct : cela dans un jeu de rôles fixés d'avance, de sorte que vous, qui représentez votre rôle, vous êtes volontairement le pantin de vous-même. » – 3. « Que voulez-vous que j'y fasse, moi, s'il ne nous arrive plus de France une seule bonne pièce, et si nous en sommes réduits à monter les pièces de Pirandello : bien malin qui le comprend celui-là, et ses pièces faites exprès de telle sorte que ni les acteurs, ni les critiques, ni le public n'en soient jamais contents ! » – 4. « Si au jour d'aujourd'hui ces messieurs les nouveaux auteurs dramatiques nous donnent à représenter des pièces imbéciles et des fantoches au lieu d'êtres humains, sachez que c'est notre fierté que d'avoir donné vie – ici, sur ces planches – à des œuvres immortelles ! »

création» (Virdia). Mais ce qui importe le plus, comme le souligne Pirandello lui-même, «c'est qu'une fois né, le personnage acquiert d'emblée une telle indépendance à l'égard de son auteur que tous peuvent l'imaginer dans une infinité de situations auxquelles l'auteur n'avait pas pensé, et revêtir parfois une signification que l'auteur ne songea jamais à lui donner». On peut ainsi réinventer à l'infini des personnages comme Ulysse ou tout autre personnage immortel.

C'est aussi une façon d'exalter le pouvoir de l'art. Les *Six Personnages* comprennent même un personnage (le septième, étranger à la famille), Madame Pace qui apparaît sur scène par la simple évocation de la mémoire, «prodige d'une réalité qui naît, évoquée, attirée, formée par le décor même». Dans la préface l'auteur nous explique : «Sans que personne ne s'en soit aperçu, j'ai changé tout d'un coup la scène ; je l'ai reprise à ce moment-là dans mon imagination, quoique sans l'enlever de sous les yeux des spectateurs ; c'est-à-dire que j'ai montré à ces derniers, au lieu de la scène, mon imagination en train de créer, sous les espèces de cette même scène.»

Pour cette palinodie de la création artistique, Pirandello imagine avoir créé dans son imagination six personnages, pris dans une situation d'une grande intensité dramatique et avoir renoncé ensuite à donner au drame une forme écrite.

La trame pirandellienne se fonde en effet sur un drame familial aux antécédents complexes : un Fils né d'un mariage mal assorti ; un Père, tourmenté et compliqué ; une Mère, femme simple et pauvre (elle sait à peine écrire). Ce Fils a grandi par la volonté du Père à la campagne, alors que la distance entre les deux époux ne faisait que s'accroître, malgré une affection mutuelle. Le Père chasse son Secrétaire qu'il soupçonne d'avoir une liaison avec sa femme, mais, pris de pitié devant le désarroi de cette dernière, il la contraint ensuite à rejoindre son amant, allant jusqu'à protéger et veiller à distance sur le couple. Le nouveau ménage donne naissance à une fille (la Belle-fille), puis à deux autres enfants (l'Adolescent et la Fillette).

À la mort du Secrétaire, la Mère retourne dans sa ville d'origine, à l'insu du Père, et se met à travailler comme couturière pour le compte de Madame Pace, sans s'apercevoir que celle-ci abuse de sa misère et, feignant de l'aider, prostitue sa fille. Le drame éclate le jour où le Père, client habituel de Madame Pace, se retrouve dans les bras de sa Belle-fille, qui a grandi entre-temps. L'inceste sera évité de justesse grâce à l'intervention désespérée de la Mère. Mais, une fois la famille réunie, la cohabitation se révèle impossible, particulièrement entre le Père et la Belle-fille (désormais prostituée) et entre les enfants du deuxième lit et le Fils légitime. Ce dernier se refuse à reconnaître sa mère et ses demi-frères, dont il ignorait auparavant l'existence et qu'il considère comme des étrangers. Une double mort dénouera cette situation insoutenable avec la noyade de la Fillette, dans le bassin du jardin, et le suicide de l'Adolescent. Le Fils se mure dans le silence, tandis que la Belle-fille prend la fuite.

L'auteur, dans l'imagination duquel ces personnages sont devenus des « êtres vivants, plus vivants que ceux qui respirent et portent des vêtements », « ne voulut pas ensuite ou bien ne put pas matériellement les mettre au monde de l'art » en les « fixant » sur le papier (allusion à l'idée de roman jamais rédigé). Dans l'importante *Préface* ajoutée par Pirandello en 1926, l'auteur déclare qu'en tant qu'écrivain « de nature philosophique », la valeur universelle de la narration lui importait particulièrement : « Eh bien, j'avais beau chercher, je n'arrivais pas à découvrir cette signification chez ces six personnages. Et par suite j'estimais qu'il ne valait pas la peine de les faire vivre[1]. »

1. Ce n'est pas l'opinion des personnages. Le Père croit comprendre le motif du refus de l'Auteur lorsqu'il mesure à quel point la médiation des acteurs modifie et falsifie la réalité des personnages déformant fatalement leur réalité en donnant matière à l'expression et corps, figure, visage et geste au personnage (le Père se plaint que « cela pourra difficilement être une représentation de moi tel que je me sens réelle-

Aussi les six personnages sont-ils restés comme dans les limbes de la création, à l'état de virtualité, mais inactualisés, sans un texte écrit relatant l'histoire qui les hante et qu'ils portent en eux. Ayant vainement sollicité l'auteur, ils sont condamnés à errer en quête de l'auteur qui acceptera de leur donner, sous une forme dramatique, cette plénitude artistique à laquelle ils aspirent. Aussi se présentent-ils au Chef de troupe d'une compagnie théâtrale, pour revivre, devant les Acteurs qui les représenteront sur scène (une fois le scénario écrit), les deux moments les plus dramatiques de leur histoire : la rencontre du Père et de la Belle-fille dans la maison de rendez-vous de Madame Pace, suivie de l'intervention maternelle ; la noyade de la Fillette et le suicide de l'Adolescent.

Précisément parce qu'elle est restée inexprimée, leur réalité, peut-être moins concrète, mais plus vraie que la réalité des mortels, s'identifie étroitement et inéluctablement au drame pour lequel ils ont été conçus. La fixité et l'immuabilité caractérisent donc cette non-vie, cette impossibilité d'actualiser « toutes les possibilités d'êtres qui sont en nous ». L'histoire fournit à chaque personnage des justifications quant à l'acte auquel il est réduit et qui, pris isolément, paraîtrait injustifiable. Ils ont donc sujet de se plaindre de cette fixité à laquelle ils sont enchaînés (tels les damnés de Dante), en attendant d'être libérés par un auteur. La seule exception est le Fils, dont la froideur ne pourrait, comme il le reconnaît lui-même, donner lieu à aucune action. Cette froideur n'en arrache pas moins des pleurs à la Mère, provoque les sarcasmes de la Belle-sœur et en quelque sorte le suicide de son demi-frère.

ment [...] ce sera plutôt la façon dont il interprétera ce que je suis, comme il sentira ce que je suis – s'il le sent – et non comme moi, au-dedans de moi, je me sens ! »

De son côté, la Belle-fille suggère que l'auteur aurait pu revenir sur sa volonté initiale « par découragement ou par indignation à l'égard du théâtre, tel qu'en général le public le voit et le veut... » Le Fils impute la rédaction avortée aux scrupules qu'aurait eu l'auteur à raconter une histoire aussi scabreuse.

Personnage de l'histoire tragique, le Fils est, dans les
Six Personnages en quête d'auteur, un spectateur sceptique et non engagé ; il n'est pas « réalisé dramatiquement ».

L'œuvre se déroule en effet sur deux plans : le
drame « romantique » aux couleurs fortes et aux ficelles
presque « feuilletonesques » (l'histoire refusée par
l'auteur), et la comédie des personnages qui réclament
une vie pleinement accomplie (l'histoire que l'auteur
accepte et anime de ses propres convictions).

Ce bref résumé suffit à faire mesurer par le lecteur
l'inopportunité d'un rapprochement entre ce drame familial et la tragédie personnelle de Pirandello (sa femme,
psychotique et maladivement jalouse de leur fille Lietta,
fut internée en 1919). Cette information pourrait être
éclairante, mais elle risque de fourvoyer le lecteur et
d'appauvrir le débat. Cette trame – où l'on pourrait
tout au plus noter la reprise subtilement ironique de
certains stéréotypes des « mélos » populaires – est pour
Pirandello un prétexte pour formuler des contestations
bien plus radicales.

Une analyse approfondie de la psychologie des différents personnages ne serait guère plus appropriée, car
l'auteur n'entendait certainement pas dépeindre minu-
tieusement ces caractères. De ce point de vue, il ne
serait que trop facile de souligner le flou, l'approxi-
mation, l'incongruité de certains traits. Comme
l'explique Pirandello lui-même, chacun des Personnages
devait « apparaître vraiment au stade de création auquel
il était parvenu dans l'imagination de l'auteur au moment
où celui-ci voulait les chasser de lui ».

Deux d'entre eux, l'Adolescent et la Fillette ne
parlent même pas (morts, ils n'offrent que le témoignage
de leur présence). Le Fils, protagoniste du drame,
comme on l'a vu, ne peut se voir réalisé dans la
comédie. Victime résignée, la Mère est totalement
passive (« elle rectifie des données de fait : elle ne
sait ni ne s'explique rien »), elle vit et souffre sa propre
tragédie sans avoir conscience d'être un personnage ;
elle voudrait en fait pouvoir parler au Fils et s'expliquer,

c'est-à-dire vivre une scène qui n'a jamais eu lieu. Les deux personnages les plus conscients, le Père et la Belle-fille, ne sont pas non plus particulièrement complexes (l'intellectualisme du premier n'est qu'allégué et justifie le rôle de « porte-parole » de l'auteur confié à ce personnage) : eux aussi sont l'expression fortement accentuée d'un sentiment, éprouvé de manière tellement unilatérale qu'il apparaît déformant. Cependant la pitié de l'auteur ne tourne jamais à la compassion, mais contribue à mettre à nu les responsabilités de ceux qui, incapables de se racheter, sont à la fois les bourreaux et les victimes de leur malheur.

Du reste, l'absence de noms propres qui identifieraient les Personnages en dehors du rôle qu'ils jouent dans le drame est révélatrice de cette indétermination ; les Acteurs sont logés à la même enseigne ; la seule exception est Madame Pace, personnage par ailleurs fidèle aux stéréotypes de l'époque et dont l'apparition sur scène obéit, comme on l'a vu, à des modalités particulières.

Dans la mise en scène, Pirandello entendait souligner encore plus la fixité des Personnages à travers l'usage de masques représentant ce sentiment fondamental : « *Les Personnages* ne doivent pas apparaître, en effet, comme des fantômes, mais comme des réalités créées, des constructions immuables de l'imagination : et donc plus réels et plus consistants que le naturel changeant des Acteurs. Les masques concourront à donner l'impression de figures construites par l'art et fixées, immuablement, chacune dans l'expression de son sentiment fondamental propre, qui est le remords pour le Père, la vengance pour la Belle-fille, le mépris pour le Fils, la douleur pour la Mère... »

En contrepoint, le Chef de troupe, les Acteurs et les techniques théâtrales, dont on représente à dessein le caractère quotidien et prosaïque (le Machiniste avec ses clous et son marteau ; le Secrétaire qui apporte le courrier ; le Souffleur qui se glisse dans son trou...) offrent un cadre réaliste. Les Acteurs servent de prétexte

à la polémique théâtrale de l'auteur ; initialement interprètes, ils sont, après l'arrivée des Personnages, relégués
au rôle de spectateurs. Leur « volubilité » (le terme est
utilisé à plusieurs reprises par Pirandello) s'oppose à
l'« immuabilité » des Personnages. Ils sont surtout là
pour illustrer la tentative et l'impossibilité de faire
rentrer le drame des Personnages dans le cadre conventionnel du théâtre. Au fond, ce drame n'est pas représentable, parce que chez Pirandello la souffrance individuelle ne parvient jamais à trouver un fondement
objectif. Les Acteurs ne sauraient revivre l'histoire des
Personnages avec la même intensité et les mêmes
motivations. Le théâtre se prête magistralement à cette
conception pirandellienne, puisque aucune représentation n'est semblable à la précédente du fait des changements de mise en scène, d'acteurs, de public (contrairement aux films dont l'histoire est fixée une fois
pour toutes sur la pellicule) : réflexion que l'auteur
développe, généralise et théorise en dehors et au-delà
du fait théâtral.

Comme on a pu le voir, le drame ne relate pas une
histoire de bout en bout, mais se limite à quelques
flashes dramatiques ; la comédie représente, elle, des
sentiments personnifiés et immobilisés. Le talent de
Pirandello consiste à incarner l'abstraction et à animer
les concepts à la faveur d'un discours théâtral d'une
vibrante humanité. Ce résultat est obtenu au moyen
d'un dialogue serré (presque hurlé par le Père) qui
transpose des problèmes existentiels et affectifs. Ces
sentiments occupent le devant de la scène et captivent
le spectateur. Gramsci avait déjà noté que dans les
comédies pirandelliennes « la pensée abstraite tend à
la représentation concrète ; lorsqu'elle y parvient, cela
donne des fruits insolites dans le théâtre italien, d'une
plasticité et d'une évidence fantastique admirables ».
Cela tient peut-être aussi à la force dialectique dont
Pirandello arme ses propositions, mais l'apparence plus
que l'esprit en est philosophique. D'abord troublé puis
fasciné et enfin grisé par ce tourbillon de propositions,
le spectateur accepte d'entrer dans le jeu. Énoncées

sur scène, certaines affirmations paradoxales peuvent perdre leur caractère changeant pour s'ériger en vérités absolues. C'est la *vérité théâtrale* qui prend le dessus et apparaît comme vérité *tout court* : même si chez Pirandello cette vérité est tout sauf rassurante, car elle met en cause et en déroute les convictions de tous les jours. Dans le cas précis des *Six Personnages*, Pirandello n'hésite pas à passer de la négation de l'objectivité du jugement à la notion d'une communication impossible entre les êtres humains[1]. La perversion engendrée par l'incommunicabilité est destinée ensuite à s'aggraver inévitablement, du fait de l'écart entre intention et résultat[2] : chacun est donc condamné à rester seul, monade individuelle qui s'efforce sans y parvenir à établir un rapport avec autrui. Les *Six Personnages* doivent être interprétés dans cette optique : solitudes qui se sont vainement cherchées, sans se comprendre, où chacun reste seul avec son histoire, son propre drame. En outre, l'individu lui-même contient en germe cette dissociation entre ce qu'il croit être et ce qu'il est, entre l'être et le paraître. Pirandello tend ainsi à faire ressortir les profondes dissonances entre conscience individuelle et conventions sociales. Cette thématique alors inédite contribua à « dé-provincialiser » la culture et le théâtre italiens et à les inscrire dans le climat intellectuel européen du début du XXe siècle.

Cependant, les limites du genre théâtral n'échappent pas au dramaturge ; le théâtre n'est jamais en mesure d'offrir la réalité immédiate de l'œuvre d'art, il n'en permet qu'une interprétation. L'on ne peut pas tout représenter, mais seulement ce qui est représentable. Les conventions théâtrales fixent des limites à la représentation de la vérité, soit pour des raisons techniques

1. « Et comment pouvons-nous nous comprendre, Monsieur, si dans les mots que je dis je mets le sens et la valeur des choses comme elles sont en moi ; tandis que ceux qui les écoutent inévitablement, les prennent avec le sens et la valeur qu'ils ont pour eux, ceux des choses qu'ils ont en eux ? On croit se comprendre ; on ne se comprend jamais ! » – **2.** « Si on pouvait prévoir tout le mal qui peut naître du bien que nous croyons faire ! »

(le public doit être en mesure d'entendre, même quand les personnages parlent entre eux à voix basse), soit pour des raisons de convenance sociale (l'actrice ne saurait se déshabiller entièrement sur scène). L'écart entre ceux qui vivent la scène comme réalité et ceux qui la vivent comme spectacle est irréductible.

Toutefois, quand l'homme de théâtre se substitue au théoricien, il s'aperçoit que la scène est un lieu fictif où le processus de recréation artistique peut prendre forme de la façon la plus directe, où se crée une tension toute particulière entre acteurs et public, et où le personnage peut réellement agir à la recherche de sa véritable identité. Dans les *Six Personnages*, pièce pour laquelle l'auteur parle non de « théâtre du théâtre », mais de « théâtre dans le théâtre », le personnage se reconstitue à travers des négations paradoxalement acquises qui en font un « symbole de la condition dédoublée de l'homme moderne » (De Castris).

Cette logique s'appuie sur un sens théâtral inné, déjà sensible dans les premières expériences narratives de l'auteur. Il est significatif que Pirandello ait fondé et dirigé (de 1925 à 1928) sa propre troupe (« Le Théâtre d'art », dont l'âme fut la première actrice Marta Abba). Les nombreuses indications scéniques qui accompagnent ses textes témoignent non seulement d'une extrême vigilance qui anticipe dans ses moindres détails la réalisation du texte, mais aussi de la conscience que le contenu de l'œuvre est indissociable du « rendu » théâtral. Qu'un personnage imaginaire demande à un Chef de troupe de faire revivre sur la scène sa propre faillite, c'est un fait qui en lui-même peut laisser sceptique ou pour le moins indifférent, mais les modalités dramatiques selon lesquelles cette requête est avancée persuadent le spectateur qu'il s'agit d'une demande importante, concrète, profondément humaine : une rébellion consciente qui veut briser une chaîne opprimante, une quête douloureuse de vérité et de rachat qui émeut le spectateur.

Le dénouement est conforme au style théâtral piran-dellien qui ne fait guère de concessions aux effets littéraires : un dialogue fonctionnel, dense et serré qui se substitue à l'action; un phrasé haché, haletant, intense, essentiel et efficace. C'est lui qui donne son sens à un drame en soi abstrait, qui lui donne chair et sang, vérité et vie; en définitive, c'est le drame lui-même. Un dialogue qui s'avère un monologue, souvent hurlé, parfois exaspéré; une communication qui prend conscience d'elle-même par son impuissance même à entrer en contact avec autrui.

La vérité pirandellienne réside moins dans les polémiques provocatrices et paradoxales que dans cette force de persuasion du fait théâtral; elle tient dans l'écho qu'une parole ou un geste exprimés sur les planches d'un théâtre parviennent à trouver dans l'esprit d'un spectateur silencieux et attentif, dans la complicité que l'écrivain parvient à créer entre acteurs et public.

Giorgo PADOAN

Traduction-adaptation de l'italien par Frédérique Verrier.

BIBLIOGRAPHIE

I. Études bibliographiques

Barbina A., *Bibliografia della critica pirandelliana 1889-1961*. Firenze, Le Monnier, 1967.

Donati C., *Bibliografia della critica pirandelliana 1961-1981*. Firenze, La Ginestra, 1986.

Donati C., Ossani A. T., *Pirandello nel linguaggio della scena. Materiali bibliografici dai quotidiani italiani (1962-1990)*. Ravenna, Longo, 1993.

II. Ouvrages collectifs

Atti del Congresso Internazionale di studi pirandelliani. Firenze, Le Monnier, 1967.

Teatro di Pirandello. Convegno di studi. Asti, Centro Nazionale di Studi Alfieriani, 1967.

Pirandello 1867-1967. Coord. G. Genot. Paris, Les Lettres Modernes, 1968.

Pirandello. «Revue des Études Italiennes», N.S. XIV, I, 1968.

Il teatro nel teatro di Pirandello. Agrigento, Centro Nazionale di Studi Pirandelliani, 1977.

Lectures pirandelliennes. Paris, Paillart, 1978.

Pirandello e il teatro del suo tempo. Agrigento, Centro Nazionale di Studi Pirandelliani, 1983.

Pirandello e il teatro. Palermo, Palumbo, 1985.
Pirandello e la drammaturgia tra le due guerre. Agrigento, Centro Nazionale di Studi Pirandelliani, 1985.
Pirandello. « Théâtre en Europe », n° 10, avril 1986.
Testo e messa in scena in Pirandello. Urbino, Nuova Italia Scientifica, 1986.

III. Études particulières

TILGHER A., *La scena e la vita. Nuovi studi sul teatro contemporaneo*. Roma, Bardi, 1925.
DI PIETRO A., *Pirandello*. Milano, Marzorati, 1951.
GRAMSCI A., *Il teatro di Pirandello*, dans *Letteratura e vita nazionale*. Torino, Einaudi, 1952.
DUMUR G., *Le Théâtre de Pirandello*. Paris, L'Arche, 1955 (1967²).
SALINARI C., *Miti e coscienza del decadentismo italiano*. Milano, Feltrinelli, 1960.
LEONE DE CASTRIS A., *Storia di Pirandello*. Bari, Laterza, 1962 (1989³).
CHAIX-RUY J., *Pirandello. Humour et poésie*. Paris, Del Duca, 1967.
PIROUÉ G., *Pirandello*. Paris, Denoël, 1967.
WEISS A., *Le théâtre de Pirandello dans le mouvement dramatique contemporain*. Paris, Librairie 73, 1964.
FERRANTE L., *Pirandello e la riforma teatrale*. Parma, Guanda, 1969.
JEULAND-MEYNAUD M., *Pirandello dramaturge des conformismes*. « Revue des Études Italiennes », N.S. XVII, 1971.
ALONGE R., *Pirandello tra realismo e mistificazione*. Napoli, Guida, 1972.
GARDAIR J.-M., *Pirandello. Fantasmes et logique du double*. Paris, Larousse, 1972.
LEONE DE CASTRIS A., *Luigi Pirandello*, dans « Dizionario Critico della Letteratura Italiana ». Torino, UTET, 1973.

SPIZZO J., *Pirandello. Dissolution et genèse de la représentation théâtrale*. Paris, Les Belles Lettres, 1986.

D'AMICO A., TINTERRI A., *Pirandello capocomico*. Palermo, Sellerio, 1987.

BARATTO M., *Da Ruzante a Pirandello*. Napoli, Liguori, 1990.

ANGELINI F., *Il punto su Pirandello*. Bari, Laterza, 1992.

LUPERINI R., *Introduzione a Pirandello*. Bari, Laterza, 1992.

GENOT G., *Pirandello. Un théâtre combinatoire*. Nancy, Presses Universitaires, 1993.

NOTE DU TRADUCTEUR

Entre la première édition (1921) et l'édition dite « définitive » (1936), *Six Personnages en quête d'auteur* a été publié neuf fois par Pirandello : successivement en 1923, 24, 25, 27, 28, 29, 30, 33 et 34.

Synthétiquement, on peut dire que ces éditions se divisent en deux groupes : d'une part, les deux premières (1921 et 1923, avec le retirage de cette dernière en 1924), de l'autre, les autres. À l'intérieur de chaque groupe, d'une édition à l'autre, les variantes du texte concernent surtout des détails d'expression, ou de ponctuation, très peu signifiants. C'est en 1925 que Pirandello a vraiment repensé sa pièce dans son ensemble, et c'est en passant d'un groupe à l'autre que ce travail d'élaboration a introduit, dans la structure et le texte de l'œuvre, des modifications véritablement importantes (entre autres : l'extension de l'action de la scène à la salle, le déplacement d'une longue scène de la 2e à la 3e partie, des ajouts et des suppressions de scènes, de fragments de scènes, de didascalies : et en particulier, pour ce qui est de ces dernières, la refonte, dans un esprit différent, de la présentation des Six Personnages, et l'introduction du fantasmagorique jeu de lumières et d'ombres de la fin). L'édition Bemporad de 1925, dans laquelle apparaît pour la première fois la fameuse *Préface* (publiée sous forme d'article en janvier de la même année, dans la revue bi-hebdomadaire *Comœdia*) est déjà pratiquement l'édition définitive : Mondadori 1936, dite « huitième édition » pour tenir compte des éditions antérieures qui sont de simples reproductions de celles qui les précèdent immédiatement.

Pour la présente traduction, on a évidemment utilisé le texte de l'édition définitive. Pour ce qui est de la *Préface*, qui est restée pratiquement la même que lors de sa publication précédente sous forme d'article, on s'en tient ici au texte de l'édition définitive, sans s'arrêter sur les rares variantes, purement formelles et non signifiantes, qu'elle a subies entre 1925 et 1936.

Quant à la pièce elle-même, bien que le caractère de la présente édition exclue la présence d'un apparat critique, il a paru nécessaire de l'accompagner de notes donnant les variantes essentielles : celles qui font apparaître dans l'évolution, aussi bien du texte proprement dit de l'œuvre que des didascalies, plus que des nuances : et donc des modalités – ou des possibilités, des propositions suggérées par l'auteur lui-même pour la représentation à la scène.

Un détail à valeur générale : pour la rédaction des didascalies de cette pièce – comme aussi pour celle de quelques autres – Pirandello a hésité entre le présent et le futur. À partir de 1927, pour l'ensemble de son théâtre, à deux exceptions près, il a adopté définitivement le présent. Ce temps grammatical étant normal en français en pareil cas, il a été adopté dans la présente traduction – sans notes renvoyant aux diverses éditions.

PRÉFACE

Depuis bien des années (mais c'est comme si c'était depuis hier), au service de mon art est une petite servante à l'esprit très éveillé, et néanmoins toujours neuve dans le métier.

Elle s'appelle Imagination.

Si, un peu taquine et farceuse comme elle est, elle prend plaisir à s'habiller de noir, personne ne songera à nier que ce soit souvent avec excentricité, et personne ne voudra croire qu'elle fait toujours tout sérieusement et d'une même manière. Elle fourre une main dans sa poche, en tire un bonnet de fou, se le plante sur la tête, rouge comme une crête de coq, et s'enfuit. Aujourd'hui ici, demain là-bas. Et elle s'amuse à m'amener chez moi, pour que j'en tire des nouvelles et des romans et des pièces de théâtre, les gens les plus mécontents du monde, des hommes, des femmes, des jeunes engagés dans des événements étranges d'où ils ne trouvent plus aucun moyen de sortir, contrariés dans leurs projets, trompés dans leurs espérances et à qui, en somme, il est souvent vraiment pénible d'avoir affaire.

Eh bien, ma petite servante Imagination a eu, il y a pas mal d'années, la méchante inspiration – ou le malencontreux caprice – d'amener chez moi une famille complète, pêchée je ne sais où ni comment mais dont, selon ce qu'elle croyait, j'allais pouvoir tirer le sujet d'un magnifique roman.

Je trouvai devant moi un homme d'une cinquantaine d'années, en veston noir et pantalon clair, à l'air renfrogné et aux regards hargneux à force d'être mortifiés ; une pauvre femme en grand deuil de veuve qui tenait par la main, d'un côté, une fillette de quatre ans, et de l'autre un garçonnet d'un peu plus de dix ; une jeune fille impudente et provocante, vêtue de noir elle aussi, mais avec une ostentation équivoque et effrontée, toute frémissante de mépris réjoui et mordant à l'égard du vieil homme mortifié, et d'un jeune homme d'une vingtaine d'années qui se tenait à l'écart et replié sur lui-même, comme si tous les autres lui répugnaient. Pour tout dire, c'étaient les six personnages, tels que maintenant on les voit apparaître sur la scène, au début de la pièce. Et tantôt l'un, tantôt l'autre, mais souvent aussi l'un prenant la place de l'autre, ils se mettaient à me raconter leur triste histoire, à me crier chacun ses raisons, à me jeter à la figure leurs passions débridées, à peu près comme ils le font maintenant, dans la pièce, au malheureux Chef de la Troupe.

Quel auteur pourra jamais dire comment et pourquoi un personnage est né dans son imagination ? Le mystère de la création artistique est le mystère même de la naissance naturelle. Une femme, quand elle aime, peut désirer devenir mère ; mais le désir à lui seul, si intense soit-il, ne peut pas suffire. Un beau jour, elle se trouvera être mère, sans savoir exactement quand cela s'est fait. De même un artiste, dans le courant de sa vie, reçoit en lui de très nombreux germes de vie, et ne peut jamais dire comment ni pourquoi, à un certain moment, un de ces germes vitaux s'introduit dans son imagination pour devenir, lui aussi, une créature vivante, sur un plan de vie plus élevé que la changeante existence quotidienne.

Je puis dire seulement que, sans avoir connaissance de les avoir cherchés si peu que ce soit, j'ai trouvé devant moi, si vivants que j'aurais pu les toucher, si vivants que j'aurais même pu entendre leur respiration, ces six personnages qu'on voit maintenant sur la scène. Et ils attendaient là, présents, chacun avec son tourment secret et tous unis par l'origine et l'embrouillamini de leurs aventures réciproques, que je les fasse entrer dans le monde de l'art, en composant avec leurs personnages, leurs passions et leurs histoires un roman, un drame ou au moins une nouvelle.

Nés vivants, ils voulaient vivre.

Or, il faut savoir qu'il ne m'a jamais suffi, à moi, de représenter une figure d'homme ou de femme, quelque spéciale et caractéristique qu'elle fût, pour le seul plaisir de la représenter ; de raconter une histoire particulière, gaie ou triste, pour le seul plaisir de la raconter ; de décrire un paysage pour le seul plaisir de le décrire.

Il y a des écrivains (et ils sont nombreux) qui éprouvent ce plaisir et, ainsi comblés, ne cherchent rien d'autre. Ce sont des écrivains d'une nature plus proprement historique.

Mais il y en a d'autres qui, en sus de ce plaisir, ressentent un besoin spirituel plus profond, en raison duquel ils n'admettent pas de figures, d'histoires, de paysages qui ne soient pas imprégnés, pour ainsi dire, d'un sens particulier de la vie et n'acquièrent pas par là une valeur universelle. Ce sont des écrivains d'une nature plus proprement philosophique.

Pour moi, j'ai le malheur de faire partie de ces derniers.

Je déteste l'art symbolique, dans lequel la représentation perd toute évolution spontanée et devient mécanique, allégorie : effort vain et inopportun, car le seul fait de donner une signification allégorique à une représentation fait voir clairement que, dès le départ, on la considère comme une fable qui n'a par elle-même aucune valeur d'invention ni de réalité, et qu'elle est faite pour la démonstration d'une vérité morale quelconque. Le besoin spirituel dont je parle ne peut se satisfaire, sauf certaines fois et si l'on recherche une ironie supérieure (comme cela se passe, par exemple, chez l'Arioste), d'un symbolisme allégorique de ce genre. Un tel symbolisme part d'une idée ; plus précisément, il est une idée qui se fait, ou cherche à se faire image ; le besoin spirituel que j'ai évoqué cherche, au contraire, dans l'image, qui doit rester vivante et libre dans toute son expression, une signification qui lui donne une valeur.

Eh bien, j'avais beau chercher, je n'arrivais pas à découvrir cette signification chez ces six personnages. Et par suite, j'estimais qu'il ne valait pas la peine de les faire vivre.

Je pensais en moi-même : « J'ai déjà tellement affligé mes lecteurs avec des centaines et des centaines de nouvelles : pourquoi devrais-je les affliger encore avec le récit des tristes aventures de ces malheureux ? »

Et, en pensant ainsi, je les éloignais de moi. Ou plutôt, je faisais mon possible pour les éloigner.

Mais on ne donne pas en vain la vie à un personnage.

Créatures de mon esprit, ces six-là vivaient déjà d'une vie qui leur était propre et ne m'appartenait plus, d'une vie qu'il n'était plus en mon pouvoir de leur refuser.

Cela est si vrai que, tandis que je persistais dans ma volonté de les chasser de mon esprit, eux, déjà presque entièrement détachés de tout support narratif, personnages d'un roman sortis par miracle des pages du livre qui les contenait, ils continuaient à vivre pour leur propre compte ; ils choisissaient certains moments de ma journée pour reparaître en face de moi dans la solitude de mon bureau et, tantôt l'un, tantôt l'autre, tantôt deux à la fois ils venaient me tenter, me proposer telle ou telle scène à représenter ou à décrire, les effets qu'on pourrait en tirer, l'intérêt nouveau que pourrait susciter une certaine situation insolite, et le reste à l'avenant.

Pendant un moment, je me laissais vaincre ; et il suffisait chaque fois de cette complaisance de ma part, du fait que je m'étais laissé prendre pendant un instant pour qu'ils en tirent un regain de vie, un accroissement d'évidence, et aussi, par voie de conséquence, de capacité de me persuader. Et ainsi, peu à peu, il me devenait d'autant plus difficile de recommencer à me libérer d'eux qu'il leur était plus facile de recommencer

à me tenter. J'en ai eu, à un certain moment, une
véritable obsession. Jusqu'à ce que, tout d'un coup,
me traversât l'esprit la façon d'en sortir.

« Mais pourquoi, me dis-je, est-ce que je ne représente
pas ce cas tout à fait nouveau d'un auteur qui se refuse
à faire vivre certains de ses personnages, nés vivants
dans son imagination, et le cas de ces personnages
qui, ayant désormais la vie infuse en eux, ne se résignent
pas à rester exclus du monde de l'art ? Ils se sont déjà
détachés de moi ; ils vivent pour leur propre compte ;
ils ont acquis voix et mouvement ; ils sont donc déjà
devenus par eux-mêmes, dans cette lutte qu'ils ont dû
mener contre moi pour leur vie, des personnages dramatiques, des personnages capables de se mouvoir et
de parler tout seuls ; ils se voient déjà eux-mêmes
comme tels ; ils ont appris à se défendre contre moi ;
ils sauront aussi se défendre contre les autres. Alors,
voilà : laissons-les aller où vont habituellement, pour
vivre, les personnages dramatiques : sur une scène de
théâtre. Et voyons ce qu'il en résultera. »

C'est ce que j'ai fait. Et il en est résulté tout
naturellement ce qui devait en résulter : un mélange
de tragique et de comique, de fantastique et de réaliste,
dans une situation humoristique tout à fait nouvelle et
des plus complexes ; un drame qui, par lui-même, par
le moyen de ses personnages qui, respirant, parlant, se
mouvant d'eux-mêmes, le portent et en souffrent en
eux-mêmes, veut à tout prix trouver le moyen d'être
représenté ; et la comédie de la vaine tentative de cette
réalisation scénique improvisée. D'abord, la surprise de
ces pauvres acteurs d'une troupe de théâtre en train
de répéter, de jour, une pièce sur une scène sans
coulisses ni décors ; leur surprise et leur incrédulité,
quand ils voient apparaître devant eux ces six personnages qui s'annoncent comme tels : en quête d'un
auteur ; puis, tout de suite après, à cause du soudain
malaise de la Mère voilée de noir, leur intérêt instinctif
pour le drame qu'ils entrevoient en elle et dans les
autres membres de cette étrange famille : un drame
obscur, ambigu, qui vient s'abattre si inopinément sur

cette scène vide et pas du tout préparée à le recevoir ;
et peu à peu, cet intérêt qui grandit devant l'irruption
des passions antagonistes, tantôt chez le Père, tantôt
chez la Belle-fille, tantôt chez le Fils, tantôt chez cette
pauvre Mère : passions qui cherchent, comme je l'ai
dit, à se dominer les unes les autres, avec une tragique
furie ravageuse.

Et voici que ce sens universel cherché en vain
auparavant chez ces six personnages, eux, maintenant,
montés spontanément sur la scène, ils réussissent à le
trouver en eux dans l'excitation de la lutte désespérée
que chacun mène contre l'autre, et qu'ils mènent tous
contre le Chef de la Troupe et les acteurs qui ne les
comprennent pas.

Sans le vouloir, sans le savoir, dans la bousculade
de son âme surexcitée, chacun d'eux, pour se défendre
des accusations de l'autre, exprime comme étant la
passion et le tourment qu'il vit ce qui a fait pendant
tant d'années le bourrèlement de mon esprit : la duperie
de la compréhension réciproque, irrémédiablement
fondée sur l'abstraction vide des mots ; la personnalité
multiple de chacun, selon toutes les possibilités d'être
qui se trouvent en chacun de nous ; et enfin le tragique
conflit immanent entre la vie, qui est en continuel
mouvement et changement, et la forme qui la fixe,
immuable.

Deux surtout parmi ces six personnages, le Père et
la Belle-fille, parlent de cette atroce et inéluctable fixité
de leur forme dans laquelle, l'un et l'autre, ils voient
exprimé pour toujours, immuablement, leur caractère
essentiel, qui pour l'un signifie châtiment et pour l'autre
vengeance ; et ils le défendent contre les grimaces
factices et l'inconsciente inconstance des acteurs, et ils
cherchent à l'imposer au vulgaire Chef de la Troupe,
qui voudrait l'altérer et l'accommoder aux soi-disant
exigences du théâtre.

Les six personnages ne sont pas tous, apparemment,
sur le même plan de formation : non qu'il y ait parmi
eux des figures de premier ou de second plan, c'est-
à-dire des « protagonistes » et des « utilités » – ce qui

constituerait alors une perspective élémentaire, nécessaire à toute architecture scénique ou narrative –, et
non plus parce qu'ils ne seraient pas tous, pour ce à
quoi ils servent, complètement formés. Ils sont tous
les six au même point de réalisation artistique, et tous
les six sur le même plan de réalité, qui est celui de
la situation imaginaire de la pièce. À ceci près que le
Père, la Belle-fille, et aussi le Fils sont réalisés en tant
qu'esprit ; la Mère, en tant que nature ; en tant que
« présences » l'Adolescent qui regarde et accomplit un
geste, et la Fillette, entièrement inerte. Ce fait crée
entre eux une perspective d'un genre nouveau. Inconsciemment, j'avais eu l'impression qu'il me fallait les
faire apparaître, certains plus entièrement réalisés (du
point de vue artistique), d'autres moins, d'autres à
peine silhouettés comme éléments d'un fait à raconter
ou à représenter : les plus vivants, les plus complètement
créés, le Père et la Belle-fille, qui viennent naturellement
en tête et guident et traînent derrière eux le poids à
peu près mort des autres : l'un, le Fils, récalcitrant ;
l'autre, la Mère, telle une victime résignée, entre ces
deux enfants qui n'ont presque aucune consistance, si
ce n'est tout au plus dans leur apparence, et qui ont
besoin d'être menés par la main.

Et en effet ! En effet, chacun d'eux devait vraiment
apparaître au stade de création qu'il avait atteint dans
l'imagination de l'auteur, au moment où celui-ci avait
voulu les chasser de chez lui.

Si maintenant j'y repense : avoir senti cette nécessité,
avoir trouvé, inconsciemment, la façon de la résoudre
par une perspective nouvelle, et la façon dont je l'ai
obtenue, me semblent des miracles. Le fait est que la
pièce a vraiment été conçue dans une illumination
spontanée de l'imagination, lorsque, par prodige, tous
les éléments de l'esprit se répondent et travaillent en
un divin accord. Aucun cerveau humain travaillant à
froid, quelque mal qu'il se fût donné, n'aurait jamais
réussi à pénétrer et à pouvoir satisfaire toutes les
nécessités de sa forme. Aussi, les arguments que je
vais donner pour en mettre en lumière les valeurs ne

doivent pas être compris comme des intentions pré-
conçues par moi quand je me suis attelé à sa création,
et que je me chargerais maintenant de défendre, mais
seulement comme des découvertes que moi-même, après
coup, à tête reposée, j'ai pu faire.

J'ai voulu représenter six personnages qui cherchent
un auteur. Leur drame n'arrive pas à être représenté,
justement parce que manque l'auteur qu'ils cherchent;
et par contre, on représente la comédie de cette vaine
tentative qu'ils font, avec tout ce qu'elle a de tragique
du fait que ces six personnages ont été refusés.

Mais peut-on représenter un personnage en le refusant? Évidemment, pour le représenter, il faut au
contraire l'admettre dans l'imagination, et, ensuite,
l'exprimer. Et moi, en effet, j'ai admis et réalisé ces
six personnages : toutefois, je les ai admis et réalisés
en tant que personnages refusés : en quête d'un autre
auteur.

Il faut maintenant comprendre ce que j'ai refusé en
eux : non pas eux-mêmes, évidemment, mais leur drame
qui, assurément, les intéresse par-dessus tout, mais ne
m'intéressait pas du tout, moi, pour les raisons déjà
mentionnées.

Et qu'est-ce que son drame, pour un personnage?

Tout être d'imagination, toute créature de l'art, pour
exister, doit avoir son drame, c'est-à-dire un drame
dont il soit un personnage et grâce auquel il est un
personnage. Le drame est la raison d'être du personnage; c'est sa fonction vitale, nécessaire pour qu'il
existe.

Pour moi, de ces six-là, j'ai donc admis l'être, en
refusant la raison d'être; j'ai pris l'organisme en lui
confiant, au lieu de sa fonction propre, une autre
fonction plus complexe, et dans laquelle la sienne
propre ne trouvait guère place que comme donnée de
fait. Situation terrible et désespérée, spécialement pour
les deux d'entre eux – le Père et la Belle-fille – qui,
plus que les autres, tiennent à vivre, et plus que les
autres ont conscience d'être des personnages, c'est-
à-dire d'avoir absolument besoin d'un drame, et donc

de leur drame, qui est le seul qu'ils puissent imaginer pour eux-mêmes et que, cependant, ils voient refusé : situation «impossible», dont ils sentent qu'ils doivent sortir à tout prix, car c'est pour eux une question de vie ou de mort. Il est bien vrai que moi, en fait de raison d'être, de fonction, je leur en ai donné une autre, à savoir justement cette situation «impossible» : le drame d'être en quête d'auteur, refusés ; mais que ce soit là une raison d'être, qu'elle soit devenue, pour eux qui avaient déjà une vie propre, la vraie fonction nécessaire et suffisante pour exister, ils ne peuvent même pas en avoir l'idée. Si quelqu'un le leur disait, ils ne le croiraient pas ; car il n'est pas possible de croire que l'unique raison d'être de notre vie tienne tout entière dans un tourment qui nous paraît injuste et inexplicable.

Je n'arrive pas à imaginer, dans ces conditions, avec quel fondement on m'a fait l'observation que le personnage du Père n'était pas ce qu'il aurait dû être, parce qu'il sortait de sa qualité et de sa position de personnage en débordant, parfois, sur l'activité de l'auteur et en se l'appropriant. Moi qui comprends ceux qui ne me comprennent pas, je vois bien que cette observation vient du fait que ce personnage exprime, comme lui étant propre, un tourment de l'esprit qui est bien connu comme étant le mien. Cela est bien naturel, et ne signifie absolument rien. Mise à part la considération que ce tourment de l'esprit, dans le personnage du Père, dérive de causes, est souffert et vécu pour des raisons qui n'ont rien à voir avec le drame de mon expérience personnelle (considération qui, à elle seule, enlèverait toute consistance à cette critique), je tiens à bien tirer au clair que c'est une chose que le tourment immanent de mon esprit, tourment que je puis légitimement projeter dans un personnage – pourvu que, chez celui-ci, il soit organique ; et que c'en est une autre que l'activité de mon esprit occupée à la réalisation de cette œuvre, c'est-à-dire l'activité qui réussit à mettre sur pied le drame de ces six personnages en quête d'auteur. Si le Père participait à

cette activité, s'il concourait à mettre sur pied le drame
d'être, pour ces personnages, sans auteur ; alors, oui,
et alors seulement on aurait raison de dire qu'il est
parfois l'auteur lui-même et que, par suite, il n'est pas
ce qu'il devrait être. Mais ce fait d'être un « personnage
en quête d'auteur », le Père le subit et ne le crée pas ;
il le subit comme une fatalité inexplicable et comme
une situation contre laquelle il cherche de toutes ses
forces à se révolter et à trouver remède : de sorte qu'il
est bien un « personnage en quête d'auteur » et rien de
plus, même s'il exprime comme sien le tourment de
mon esprit. S'il participait à l'activité de l'auteur, il
s'expliquerait parfaitement cette fatalité : c'est-à-dire
qu'il se verrait admis, quand bien même comme personnage refusé, mais de toute façon admis dans la
matrice de l'imagination d'un poète : et il n'aurait
plus de raison de subir ce désespoir de ne pas trouver
quelqu'un qui affirme et organise sa vie de personnage ;
je veux dire qu'il accepterait de très bon gré la raison
d'être que lui donne l'auteur et renoncerait sans regrets
à la sienne propre, envoyant au diable ce Chef de
Troupe et ces acteurs à qui, au contraire, il a recours
comme à sa seule planche de salut.

Il y a un personnage, celui de la Mère, à qui au
contraire il n'importe pas du tout d'exister, si l'on
considère le fait d'exister comme une fin en soi. Elle
n'a pas le moindre doute, elle, d'être déjà en vie ; et
il ne lui est jamais venu à l'esprit de se demander
comment et pourquoi, de quelle façon elle l'est. Pour
tout dire, elle n'a pas conscience d'être un personnage,
vu qu'elle n'est jamais, ne serait-ce que pendant un
moment, détachée de son « rôle ». Elle ne sait pas
qu'elle a un « rôle ».

Cela est, en elle, parfaitement organique. En effet,
son rôle de Mère ne comporte pas en lui-même, dans
son caractère de « pure nature », de mouvements spirituels ; et elle ne vit pas en tant qu'esprit : elle vit
dans une continuité de sentiment qui n'a jamais d'interruption, et par là, elle ne peut pas prendre conscience
de sa vie, c'est-à-dire d'être un personnage. Mais avec

tout cela elle cherche elle aussi, à sa façon et avec des intentions particulières, un auteur ; à un certain moment, elle semble contente d'avoir été amenée devant le Chef de la Troupe. Peut-être parce qu'elle espère, elle aussi, *avoir une vie* par lui ? Non : parce qu'elle espère que le Chef de la Troupe pourrait lui faire jouer une scène avec le Fils, dans laquelle elle mettrait une si grande part de sa vie : mais c'est une scène qui n'existe pas, qui n'a jamais pu et ne pourrait pas avoir lieu. Tant elle est inconsciente d'être un personnage, c'est-à-dire de la vie qu'elle peut avoir, tout entière fixée et déterminée, instant par instant, en chaque geste et en chaque parole.

Elle se présente sur la scène avec les autres personnages, mais sans comprendre ce qu'ils lui font faire. Évidemment, elle imagine que l'envie folle d'avoir une vie dont sont saisis son mari et sa fille, et en raison de laquelle elle se retrouve elle aussi sur une scène, n'est autre qu'une des habituelles bizarreries incompréhensibles de cet homme tourmenté et tourmenteur, et – horreur, horreur ! – un nouveau, équivoque coup de tête de sa pauvre fille dévoyée. Elle est absolument passive. Les événements de sa vie et la valeur qu'ils ont revêtue à ses yeux sont toutes des choses dites par les autres et qu'elle ne contredit qu'une seule fois, parce qu'en elle l'instinct maternel s'insurge et se révolte, pour mettre en évidence le fait qu'elle n'a pas voulu du tout abandonner son fils ni son mari : car son fils lui a été enlevé, et son mari l'a contrainte lui-même à l'abandonner. Mais elle rectifie des données de fait : elle ne sait ni ne s'explique rien.

Elle est, en somme, « nature ». Une nature fixée en une figure de mère.

Ce personnage m'a donné une satisfaction d'un genre nouveau, qu'il n'y a pas lieu de passer sous silence. Presque toutes mes critiques, au lieu de le qualifier, comme d'habitude, d'« inhumain » – ce qui semble être le caractère particulier et incorrigible de toutes mes créatures, sans distinction – ont eu la bonté d'observer, « avec une vraie satisfaction », que finalement, de mon imagination, était sortie une figure *très humaine*. Cet éloge, je me l'explique de la façon suivante : ma pauvre Mère étant tout entière liée à son attitude naturelle de Mère, sans possibilité de libres mouvements spirituels, c'est-à-dire étant quelque chose comme un morceau de chair dont toute la vie est contenue dans l'ensemble de ses fonctions de procréer, allaiter, soigner et aimer sa progéniture, et donc sans aucun besoin de faire agir son cerveau, réalise en elle-même le vrai et parfait « type humain ». Et il en est certainement ainsi, car rien ne paraît plus superflu que l'esprit dans un organisme humain.

Mais les critiques, au besoin avec cet éloge, ont voulu se débarrasser de la Mère sans se soucier de pénétrer le noyau de valeurs poétiques que ce personnage, dans la pièce, est là pour représenter. Une figure très humaine, certes : parce que privée d'esprit, c'est-à-dire inconsciente d'être ce qu'elle est, ou ne se souciant pas de se l'expliquer. Mais le fait d'ignorer qu'elle est un personnage ne l'empêche sûrement pas d'en être un. Voilà son drame, dans ma pièce. Et l'expression la plus vive de ce drame jaillit lorsqu'elle crie au Chef de la Troupe, qui lui fait observer que tout est déjà arrivé et, par suite, ne peut plus être un motif de nouvelle affliction : « Non, cela arrive maintenant, cela arrive toujours. Mon martyre n'est pas simulé, Monsieur ! Moi, je suis vivante et présente, toujours, en chaque instant de mon martyre, qui se renouvelle toujours, vivant et présent. » Cela, elle le *sent*, sans en avoir conscience, et donc comme une chose inexplicable : mais elle le sent avec une intensité si terrible qu'elle ne pense même pas que ce puisse être là une chose à expliquer, à elle-même ou aux autres. Elle le sent sous forme de douleur, et cette douleur, immédiatement, crie. Ainsi, en elle, la fixité de sa vie se reflète en une forme qui, d'une autre façon, tourmente le Père et la Belle-fille. Ceux-là sont esprit, elle est nature ; contre cette fixité l'esprit se révolte, ou cherche, comme il peut, à en profiter ; la nature, si elle n'est pas excitée par les impulsions des sens, en pleure.

Le conflit immanent entre le mouvement vital et la forme est une condition inexorable, non seulement de l'ordre spirituel, mais aussi de l'ordre naturel. La vie qui s'est fixée, pour être, dans notre forme corporelle, tue peu à peu sa forme. La douleur de cette nature fixée est le vieillissement irréparable, continu, de notre corps. La douleur de la Mère est, de la même façon, passive et perpétuelle. Montré à travers trois visages, mis en valeur dans trois drames différents et contemporains, ce conflit immanent trouve ainsi dans la pièce son expression la plus achevée. Et de plus, la Mère proclame aussi la valeur particulière de la forme artistique, comme forme qui ne contient ni ne tue sa vie, et que la vie ne consume pas : dans ce qu'elle crie au Chef de la Troupe. Si le Père et la Belle-fille recommençaient cent mille fois de suite leur scène, toujours, au point fixé, au moment où la vie de l'œuvre d'art doit être exprimée par ce cri, celui-ci retentirait toujours : inchangé et inchangeable dans sa forme, mais non comme une répétition mécanique, non comme un recommencement imposé par des nécessités extérieures, mais bien, chaque fois, vivant et comme nouveau, né à l'improviste, ainsi, pour toujours : embaumé vivant dans sa forme imputrescible. Ainsi, toujours, en ouvrant le livre, on verra Francesca vivante avouer à Dante son doux péché ; et si cent mille fois de suite on recommence à lire ce même passage, cent mille fois de suite Francesca redira ses paroles, ne les répétant jamais mécaniquement mais les disant chaque fois pour la première fois, avec une passion si vive et si soudaine que Dante, chaque fois, en perdra connaissance. Tout ce qui vit, du fait qu'il vit, a une forme, et pour cela même doit mourir : sauf l'œuvre d'art qui, justement, vit toujours, parce qu'elle est forme.

La naissance d'une créature de l'imagination humaine (naissance qui est la traversée du seuil entre le néant et l'éternité) peut, le cas échéant, se produire à l'improviste, ayant pour gestation une nécessité. Dans un drame

imaginé, cela arrange-t-il d'avoir un personnage qui
fasse ou dise une certaine chose nécessaire ? Voilà que
ce personnage est né, et qu'il est tout juste celui qu'il
devait être. Ainsi naît Madame Pace au milieu des six
personnages, et cela semble un miracle, et même un
truquage, sur cette scène aménagée d'une façon réaliste.
Mais ce n'est pas un truquage. Cette naissance est
réelle, ce nouveau personnage est vivant, non parce
qu'il aurait été déjà vivant, mais parce qu'il a eu une
heureuse naissance, comme, justement, le veut sa nature
de personnage, pour ainsi dire « obligatoire ». En conséquence, il s'est produit une cassure, un changement
inattendu du plan de réalité de la scène, parce qu'un
personnage ne peut naître de cette façon que dans
l'imagination du poète, et certainement pas sur les
planches d'un théâtre. Sans que personne ne s'en soit
aperçu, j'ai changé tout d'un coup la scène ; je l'ai
reprise à ce moment-là dans mon imagination, quoique
sans l'enlever de sous les yeux des spectateurs ; c'est-
à-dire que j'ai montré à ces derniers, au lieu de la
scène, mon imagination en train de créer, sous les
espèces de cette même scène. Le changement soudain
et incontrôlable d'une apparence, d'un plan de réalité
pour un autre, est un miracle de l'espèce de ceux
qu'accomplit le saint qui fait mouvoir sa statue, laquelle,
à ce moment-là, n'est certainement plus de bois ni de
pierre ; mais ce n'est pas un miracle arbitraire. Cette
scène de théâtre, ne serait-ce que parce qu'elle accueille
la réalité imaginaire des six personnages, n'existe pas
en elle-même en tant que donnée fixe et immuable,
de même que, dans cette pièce, rien n'existe qui soit
stable ni préconçu : tout s'y fait, tout y bouge, tout
y est tentative inattendue. Même le plan de réalité du
lieu, où se modifie et se remodifie cette vie informe
qui aspire à sa forme, en vient ainsi à se déplacer
organiquement. Quand j'ai eu l'idée de faire naître
soudainement Madame Pace sur cette scène, j'ai senti
que je pouvais le faire, et je l'ai fait ; si je m'étais
aperçu que cette naissance disloquait et déformait tout
d'un coup, silencieusement et comme par mégarde, le

plan de réalité de la scène, je ne l'aurais sûrement pas fait, refroidi que j'aurais été par son manque apparent de logique. Et j'aurais commis une déplorable mutilation de la beauté de mon œuvre, dont j'ai été sauvé par la ferveur de mon esprit : car, contre une menteuse apparence de logique, cette naissance imaginaire est portée par une véritable nécessité, en corrélation mystérieuse et organique avec toute la vie de l'œuvre.

Si maintenant quelqu'un vient me dire que celle-ci n'a pas toute la valeur qu'elle pourrait avoir parce que son expression n'est pas ordonnée mais chaotique, parce qu'elle pèche par romantisme, cela me fait sourire.

Je comprends pourquoi cette observation m'a été faite. Parce que dans mon ouvrage, la représentation du drame dans lequel sont engagés les six personnages paraît tumultueuse et ne progresse jamais avec ordre : il n'y a pas de développement logique, il n'y a pas d'enchaînement des événements. C'est très vrai. Même en cherchant avec une lanterne, je n'aurais pu trouver une manière plus désordonnée, plus saugrenue, plus arbitraire et compliquée, c'est-à-dire plus romantique, de représenter « le drame dans lequel sont engagés les six personnages ». C'est très vrai, mais, moi, je n'ai pas du tout représenté ce drame : j'en ai représenté un autre – et lequel, je ne vais pas le répéter ! – et là, parmi les autres belles choses que chacun, selon ses goûts, peut découvrir, il y a justement une satire assez marquée des procédés romantiques : dans mes personnages, tous si brûlants de se dominer dans les rôles que chacun d'eux a dans un certain drame, alors que, moi, je les présente comme personnages d'une autre pièce qu'ils ne connaissent ni ne soupçonnent, si bien que leur agitation passionnée, caractéristique des procédés romantiques, est mise là humoristiquement, et se construit sur le vide. Et le drame des personnages, représenté non pas comme il se serait organisé dans mon imagination s'il y avait été admis, mais comme il est, comme drame refusé, ne pouvait prendre place dans mon ouvrage que comme « situation », et dans quelques développements, et ne pouvait venir au jour

que par aperçus, tumultueusement et en désordre, en
raccourcis violents, d'une façon chaotique : continuellement interrompu, dévié, contredit et même, par un
de ses personnages, nié, et par deux autres, pas même
vécu.

Il y a un personnage, en effet – celui qui « nie » le
drame qui fait de lui un personnage : le Fils – qui
tire tout son relief et toute sa valeur d'être un personnage, non de la « pièce à faire » – car il ne paraît
presque pas comme tel –, mais de la représentation
que, moi, j'en ai faite. Il est, somme toute, le seul qui
vive seulement comme « personnage en quête d'auteur » ;
d'autant plus que l'auteur qu'il cherche n'est pas un
auteur dramatique. Cela non plus ne pouvait pas être
autrement ; autant l'attitude de ce personnage est organique dans ma conception, autant il est logique que
dans la situation il détermine un surcroît de confusion
et de désordre et un autre motif de conflit romantique.

Mais c'est précisément ce chaos, organique et naturel,
que je devais représenter ; et représenter un chaos ne
signifie pas du tout représenter chaotiquement, c'est-
à-dire romantiquement. Et que ma représentation ne
soit pas du tout confuse, mais au contraire très claire,
très simple et très ordonnée, cela est démontré par
l'évidence que revêtent, aux yeux de tous les publics
du monde, l'intrigue, les caractères, les plans imaginaires et réalistes, dramatiques et comiques de l'ouvrage ;
et par la façon dont, pour ceux qui ont le regard plus
pénétrant, émergent les valeurs insolites qu'il contient.

Grande est la confusion des langues parmi les
hommes, si même de semblables critiques trouvent les
mots pour s'exprimer. Aussi grande – cette confusion
– qu'est parfaite l'intime loi d'ordre qui, observée en
tout, fait mon ouvrage classique et typique, et interdit
toute parole pour ce qui est de sa catastrophe finale.
En effet quand devant tous, désormais convaincus
qu'avec des artifices on ne crée pas de la vie, et que
le drame des six personnages, du fait que manque
l'auteur qui lui donnerait une valeur dans l'ordre de
l'esprit, ne pourra pas être représenté ; quand, à l'ins-

tigation du Chef de la Troupe, vulgairement avide de savoir comment s'est passé l'événement, cet événement est rappelé par le Fils dans la succession matérielle de ses moments, privé d'un sens quelconque, et donc sans qu'il soit même besoin de la voix humaine, il s'abat, brut, inutile, avec la détonation mécanique d'une arme sur la scène, et brise et dissipe la stérile tentative des personnages et des acteurs, pas assistée, apparemment, par le poète.

Le poète, à leur insu, comme regardant de loin pendant tout le temps de leur tentative, s'est en même temps occupé, en utilisant cette tentative comme matériau, à créer son œuvre.

Luigi PIRANDELLO

SIX PERSONNAGES
EN QUÊTE D'AUTEUR

LES PERSONNAGES DE LA PIÈCE

Le Père
La Mère
La Belle-Fille
Le Fils
L'Adolescent
La Fillette *(ces deux derniers ne parlent pas)*
(Puis, évoquée) Madame Pace

LES ACTEURS DE LA TROUPE

Le Directeur-Chef de la Troupe
La Première Actrice
Le Premier Acteur
La Seconde Actrice
L'Ingénue
Le Jeune Premier
Autres Acteurs et Actrices
Le Régisseur
Le Souffleur
L'Accessoiriste
Le Machiniste
Le Secrétaire du Directeur
Le Concierge du théâtre
Monteurs et Personnel de service

De jour, sur la scène d'un théâtre

N. B. Cette pièce n'a ni actes ni scènes. La représentation s'interrompt une première fois, sans que le rideau tombe, lorsque le Directeur-Chef de la Troupe et le chef des Personnages se retirent pour monter ensemble le scénario, et que les Acteurs quittent la scène ; une seconde fois lorsque, par erreur, le Machiniste baisse le rideau.

Les spectateurs, en entrant dans la salle du théâtre, trouvent le rideau levé et la scène comme elle est pendant le jour, sans coulisses ni décor, presque dans le noir, et vide : pour qu'ils aient dès le début l'impression d'un spectacle non préparé.

Deux escabeaux, l'un à droite et l'autre à gauche, mettent la scène en communication avec la salle.

Sur la scène[1], le capot du souffleur est enlevé, posé à côté de son trou.

De l'autre côté, sur le devant, une petite table et un fauteuil dont le dossier est tourné vers le public, pour le Directeur-Chef de la Troupe.

Deux autres tables, l'une plus grande, l'autre plus petite, avec un bon nombre de chaises autour, mises là sur le devant pour être trouvées prêtes, s'il en est besoin, pour la répétition. D'autres chaises, par-ci par-là, à droite et à gauche, pour les Acteurs, et un piano dans le fond, sur un côté, presque caché.

Les lumières de la salle une fois éteintes, on voit entrer par la porte de la scène le Machiniste, en salopette bleue, avec une sacoche pendue à sa ceinture ; il prend dans un angle du fond quelques planches préparées pour l'aménagement ; il les dispose sur le devant et se met à genoux pour les clouer. Les coups de marteau font accourir, par la porte des loges, le Régisseur.

LE RÉGISSEUR : Hep ! Qu'est-ce que tu fais ?
LE MACHINISTE : Ce que je fais ? Je cloue.
LE RÉGISSEUR : À cette heure-ci ?

Il regarde sa montre.

Il est déjà dix heures et demie. D'un moment à l'autre, le Directeur va être ici pour la répétition.

LE MACHINISTE : Dites donc, il me faudra mon temps, à moi aussi, pour faire mon travail !

LE RÉGISSEUR : Tu l'auras, mais pas maintenant.

LE MACHINISTE : Et quand ?

LE RÉGISSEUR : Quand ce ne sera plus l'heure de la répétition. Allez ! Allez ! Emporte-moi tout ça, et laisse-moi préparer le décor pour le second acte du *Jeu des rôles.*

Le Machiniste, soufflant, bougonnant, ramasse les planches et s'en va. Entre-temps, par la porte de la scène commencent à arriver les Acteurs de la Troupe, hommes et femmes, un d'abord, puis un autre, puis deux ensemble, à volonté : neuf ou dix, le nombre de ceux qui sont supposés devoir prendre part aux répétitions de la pièce de Pirandello, Le Jeu des rôles*, inscrite à l'ordre du jour. Ils entrent, ils saluent le Régisseur et se saluent entre eux, se souhaitant le bonjour. Certains se dirigent vers leurs loges ; d'autres, parmi lesquels le Souffleur, qui a le manuscrit roulé sous le bras, s'arrêtent sur la scène, dans l'attente du Directeur, pour commencer la répétition : et entre-temps, assis en cercle, ou debout, ils échangent quelques mots entre eux ; l'un allume une cigarette, un autre se plaint du rôle qui lui a été attribué, un autre lit à voix haute à ses camarades une nouvelle quelconque d'un petit journal de théâtre. Il serait bon qu'aussi bien les Actrices que les Acteurs portent des vêtements plutôt clairs et gais, et que cette première scène, improvisée, ait, certes, du naturel, mais aussi beaucoup de vivacité. À un certain moment, un des comédiens pourra s'asseoir au piano et attaquer un air de

---

* PIRANDELLO, *Henri IV* suivi de *Le Jeu des rôles*, Le Livre de Poche, n° 13699, 1995.

danse ; les plus jeunes d'entre les Acteurs et les Actrices se mettront à danser.

Le Régisseur (*tapant des mains pour les rappeler à la discipline*) : Allez, allez, arrêtez ! Voici Monsieur le Directeur.

La musique et la danse cessent tout d'un coup. Les Acteurs se tournent pour regarder vers la salle du théâtre, par la porte de laquelle on voit entrer le Directeur-Chef de la Troupe ; celui-ci, chapeau melon sur la tête, canne sous le bras et un gros cigare à la bouche, traverse l'allée entre les fauteuils et, salué par les comédiens, monte sur la scène par l'un des deux escabeaux. Le Secrétaire lui tend le courrier : quelques journaux, un manuscrit sous enveloppe.

Le Directeur : Des lettres ?

Le Secrétaire : Aucune. Le courrier est tout là.

Le Directeur (*lui tendant le manuscrit sous enveloppe*) : Portez ça dans ma loge.

Puis, regardant autour de lui et s'adressant au Régisseur :

Hé, on n'y voit rien ici. S'il vous plaît, faites donner un peu de lumière.

Le Régisseur : Tout de suite.

Il part donner l'ordre. Et peu après, la scène est éclairée dans toute sa moitié droite, où se trouvent les Acteurs, d'une vive lumière blanche. Entre-temps, le Souffleur a pris place dans son trou, allumé sa petite lampe, et étendu devant lui le manuscrit[2].

Le Directeur (*tapant des mains*) : Allez, allez, commençons.

Au Régisseur :

Il manque quelqu'un ?

Le Régisseur : Il manque la Première.

Le Directeur : Comme d'habitude !

Il regarde sa montre.

Nous sommes déjà en retard de dix minutes. Marquez-le-lui, s'il vous plaît. Comme ça, elle apprendra à arriver ponctuellement à la répétition.

Il n'a pas fini ce reproche que, du fond de la salle, on entend la voix de la Première Actrice.

La Première Actrice : Non, non, je vous en supplie ! Me voici, me voici !

Elle est tout habillée de blanc, avec sur la tête un faramineux grand chapeau, et un joli petit chien dans les bras ; elle court le long de l'allée entre les fauteuils et monte en toute hâte par un des escabeaux.

Le Directeur : Vous, vous avez juré de vous faire toujours attendre.

La Première Actrice : Excusez-moi. J'ai tellement cherché une voiture pour arriver à temps ! Mais je vois que vous n'avez pas encore commencé. Et moi, je ne suis pas tout de suite en scène.

Puis, appelant par son prénom le Régisseur, et lui remettant le petit chien :

S'il vous plaît, enfermez-le-moi dans ma loge.

Le Directeur (*grognant*) : Le petit chien aussi ! Comme si nous n'étions pas assez de cabots ici.

Il frappe de nouveau dans ses mains et s'adresse au Souffleur.

Allez, allez, le second acte du *Jeu des rôles*.

S'asseyant dans son fauteuil :

Attention, Mesdames et Messieurs : qui est en scène ?

Les Acteurs et les Actrices quittent le devant de la scène et vont s'asseoir sur un côté, à l'exception des trois qui vont commencer la répétition et de la Première Actrice qui, sans faire attention à la

*question du Directeur, s'est assise devant l'une
des deux tables.*

LE DIRECTEUR *(à la Première Actrice)* : Vous êtes
donc en scène ?

LA PREMIÈRE ACTRICE : Moi ? Non Monsieur.

LE DIRECTEUR *(agacé)* : Et alors, enlevez-vous de
là, Seigneur Dieu !

*La Première Actrice se lève et va s'asseoir à côté
des autres Acteurs, qui se sont déjà retirés à
l'écart.*

LE DIRECTEUR *(au Souffleur)* : Commencez. Commencez[3].

LE SOUFFLEUR *(lisant dans le manuscrit)* : « Chez
Léon Gala. Une bizarre salle à manger-bureau. »

LE DIRECTEUR *(se tournant vers le Régisseur)*[4] : Nous
mettrons le salon rouge.

LE RÉGISSEUR *(notant, sur une feuille de papier)* :
Le rouge. D'accord.

LE SOUFFLEUR *(continuant à lire dans le manuscrit)* :
« Table servie et bureau avec livres et papiers. Rayons
de livres et vitrines avec une riche vaisselle de table.
Une porte au fond, par laquelle on va dans la chambre
à coucher de Léon. Une porte latérale à gauche par
laquelle on va dans la cuisine. La porte principale est
à droite. »

LE DIRECTEUR *(se levant et montrant du geste)* :
Donc, faites bien attention : là-bas, la porte principale.
De ce côté-ci, la cuisine.

*S'adressant à l'Acteur qui interprète le rôle de
Socrate.*

Vous, vous entrerez et sortirez de ce côté-ci.

Au Régisseur :

Vous placerez la porte à tambour au fond, et vous
mettrez les tentures.

Il s'assied de nouveau.

LE RÉGISSEUR *(notant)* : D'accord.

LE SOUFFLEUR *(lisant, comme précédemment)* : « Scène Première. Léon Gala, Guy Venanzi, Philippe dit Socrate. »

Au Directeur :

Je dois lire aussi la didascalie ?

LE DIRECTEUR : Mais oui ! Je vous l'ai dit cent fois !

LE SOUFFLEUR *(lisant, comme précédemment)* : « Au lever du rideau, Léon Gala, qui a un bonnet de cuisinier et un tablier, est occupé à battre, avec une petite louche en bois, un œuf dans un bol. Philippe en bat un autre, habillé lui aussi en cuisinier. Guy Venanzi écoute, assis. »

LE PREMIER ACTEUR *(au Directeur)* : Excusez-moi : je dois vraiment me mettre un bonnet de cuisinier sur la tête ?

LE DIRECTEUR *(irrité par cette observation)* : Je crois bien ! Si c'est écrit là !

Il indique le manuscrit.

LE PREMIER ACTEUR : Mais c'est ridicule, je vous demande pardon !

LE DIRECTEUR *(sautant sur ses pieds, furieux)* : « Ridicule ! Ridicule ! » Que voulez-vous que j'y fasse, moi, s'il ne nous arrive plus de France une seule bonne pièce, et si nous en sommes réduits à monter des pièces de Pirandello : bien malin qui le comprend, celui-là, et ses pièces faites exprès de telle sorte que ni les acteurs, ni les critiques, ni le public n'en soient jamais contents !

Les Acteurs rient. Et lui alors, se levant et s'approchant du Premier Acteur, il crie :

Le bonnet de cuisinier, oui Monsieur ! Et battez les œufs ! Vous croyez qu'avec ces œufs que vous battez, vous êtes sorti d'affaire ? Vous êtes dans de jolis draps ! Il va vous falloir représenter la coquille des œufs que vous battez !

Les Acteurs recommencent à rire et se mettent à faire, entre eux, des commentaires ironiques.

Silence ! Et écoutez quand j'explique !

S'adressant de nouveau au Premier Acteur :

Oui Monsieur, la coquille : c'est-à-dire la forme vide de la raison, sans la substance de l'instinct, qui est aveugle ! Vous, vous êtes la raison, et votre femme l'instinct : cela, dans un jeu de rôles fixés d'avance, de sorte que vous, qui représentez votre rôle, vous êtes volontairement le pantin de vous-même. Vous avez compris ?

Le Premier Acteur *(ouvrant les bras)* : Moi ? Non !

Le Directeur *(retournant à sa place)* : Et moi non plus !

Continuons : et après, pour la fin, vous verrez quelle merveille c'est !

D'un ton confidentiel :

Un conseil : mettez-vous de trois quarts, parce qu'autrement, entre les obscurités de dialogue et vous qui ne vous ferez pas entendre du public, ce sera la fin des haricots !

Frappant de nouveau dans ses mains :

Attention, attention ! On attaque !

Le Souffleur : Pardon, Monsieur le Directeur, vous permettez que je m'abrite sous le capot ? Il y a un de ces courants d'air...

Pendant ce temps, le Concierge du théâtre est entré dans la salle, sa casquette galonnée sur la tête et, suivant l'allée entre les fauteuils, s'est approché de la scène pour annoncer au Directeur-Chef de la Troupe l'arrivée des Six Personnages *qui, entrés eux aussi dans la salle, se sont mis à le suivre, à une certaine distance, un peu perdus et perplexes, regardant autour d'eux.*

Ceux qui voudront tenter une représentation de cette pièce devront s'employer par tous les moyens à obtenir aussi complètement que possible l'effet

que ces Six Personnages *ne se confondent pas
avec les Acteurs de la Troupe. Le placement des
uns et des autres, indiqué dans les didascalies,
au moment où les* Personnages *montent sur la
scène, sera certainement utile, et de même, des
couleurs d'éclairage différentes obtenues par des
projecteurs appropriés. Mais le moyen le plus
efficace et adéquat, qu'on suggère ici, serait l'uti-
lisation de masques spéciaux pour les* Personnages : *des masques faits tout exprès d'une matière
qui ne se ramollisse pas sous l'effet de la sueur,
et qui soit néanmoins légère pour les Acteurs qui
doivent les porter ; en outre, travaillés et découpés
de telle façon qu'ils laissent libres les yeux, les
narines et la bouche. Ainsi interprétera-t-on du
même coup le sens profond de la pièce. Les*
Personnages *ne doivent pas apparaître, en effet,
comme des* fantômes, *mais comme des* réalités
créées, *des constructions immuables de l'imagination : et donc plus réels et plus consistants que
le naturel changeant des Acteurs. Les masques
concourront à donner l'impression de figures
construites par l'art et fixées, immuablement, chacune dans l'expression de son sentiment fondamental propre, qui est le* remords *pour le Père,
la* vengeance *pour la Belle-fille, le* mépris *pour
le Fils, la* douleur *pour la Mère – avec des larmes
de cire fixes dans ses orbites blêmes et le long
de ses joues, comme on en voit sur les images
sculptées et peintes de la* Mater Dolorosa, *dans
les églises. Les vêtements, eux aussi, devraient
être d'une étoffe et d'une coupe spéciales, sans
extravagance, avec des plis raides et des volumes
quasi sculpturaux : et en somme, de telle sorte
qu'ils ne donnent pas l'idée d'être faits d'une
étoffe qu'on pourrait acheter dans n'importe quelle
boutique de la ville, et coupés et cousus dans
n'importe quelle maison de couture.
Le Père a une cinquantaine d'années ; les tempes
dégarnies, mais pas chauve, le poil roux, avec de*

Pirandello à sa table de travail en 1924.

Après la première représentation de sa pièce à Paris en 1923 à la Comédie des Champs-Élysées, Luigi Pirandello salue le public. La mise en scène était de Georges Pitoëff qui tenait le rôle du Père, tandis que celui du Directeur était tenu par Michel Simon.

Georges Pitoëff *(le Père)* et Louis Salou *(le Directeur)*.
Théâtre des Mathurins, Paris 1937.

Georges Pitoëff *(le Père)*, Louis Salou *(le Directeur)* et
Ludmilla Pitoëff *(la Belle-fille)*.

Georges Pitoëff, Louis Salou et Ludmilla Pitöeff dans la scène finale.

Représentation à la Comédie-Française en 1978.

Photos
Lipnitzki-
Viollet

En haut : Ph. Etesse *(le Jeune Premier)*, C. Ferran *(la Première Actrice)*, C. Fersan *(la Belle-fille)*.

En bas : Ph. Etesse, R. Acquaviva *(le Fils)*, J. Destoop *(le Directeur)* et J.-P. Roussillon *(le Père)*.

Claude Winter *(la Mère)* et Jean-Luc Boutté *(le Directeur).*

Fernand Ledoux *(le Père)*, Renée Faure *(la Belle-fille)* et Jean Meyer *(le Directeur)*. Comédie-Française, mars 1952.

Fernand Ledoux *(le Père)*, Maria Casares *(la Belle-fille)*. Comédie-Française avril 1952.

Jacques Eyser
(le Directeur),
Renée Faure
(la Belle-fille),
Lino Noro
(la Mère),
Jacques Destoop
(le Fils),
Jean Marchat
(le Père).
Comédie-Française
1959.

Pascale Audret
au TBB
en 1991.

François Beaulieu *(le Directeur)*, Caroline Chaniolleau *(la Belle-fille)* et Ugo Tognazzi *(le Père)*. Mise en scène de J.-P. Vincent. Odéon 1986.

Simona Maicanescu *(la Belle-fille)*. Mise en scène de Sophie Loucachevsky au Théâtre municipal d'Avignon, 1993.

petites moustaches épaisses qui s'entortillent presque autour de sa bouche encore fraîche, souvent ouverte sur un sourire indécis et vide. Pâle, surtout en ce qui concerne son grand front ; des yeux bleus ovales, très brillants et futés ; il porte un pantalon clair et une veste sombre ; il est parfois mielleux, d'autres fois il a des éclats âpres et durs.

La Mère est comme atterrée et écrasée par un poids intolérable de honte et de démoralisation. Voilée d'un épais crêpe de veuve, elle est vêtue humblement de noir, et quand elle soulève son voile, elle fait voir un visage non pas souffrant mais comme de cire, et elle garde toujours les yeux baissés.

La Belle-fille a dix-huit ans ; elle est effrontée, presque impudente. Très belle, elle est vêtue de deuil elle aussi, mais avec une élégance tapageuse. Elle se montre agacée par l'air timide, affligé et comme ahuri de son jeune frère, un terne Adolescent de quatorze ans, vêtu de noir lui aussi ; et au contraire, pleine d'une vive tendresse pour sa petite sœur, une Fillette d'environ quatre ans, vêtue de blanc avec une large bande de soie noire à la taille.

Le Fils, vingt-deux ans, grand, comme raidi dans un mépris contenu à l'égard du Père et une indifférence hargneuse envers la Mère, porte un manteau violet et une longue écharpe verte enroulée autour du cou[5].

LE CONCIERGE *(sa casquette à la main)* : Je vous demande pardon, Monsieur le Directeur.

LE DIRECTEUR *(brusquement, désagréable)* : Qu'est-ce qu'il y a encore ?

LE CONCIERGE *(timidement)* : Il y a ici ces Messieurs Dames qui vous demandent.

Le Directeur et les Acteurs se tournent, étonnés, pour regarder depuis la scène, en bas, dans la salle[6].

LE DIRECTEUR *(de nouveau furieux)* : Mais moi, ici, je suis en répétition ! Et vous savez bien que, pendant la répétition, personne ne doit passer !

S'adressant au fond de la salle :

Qui êtes-vous, Mesdames et Messieurs ? Que voulez-vous ?

LE PÈRE *(s'avançant, suivi par les autres, jusqu'à l'un des deux escabeaux)* : Nous sommes à la recherche d'un auteur.

LE DIRECTEUR *(mi-abasourdi, mi-rageur)* : D'un auteur ? Quel auteur ?

LE PÈRE : De n'importe lequel, Monsieur.

LE DIRECTEUR : Mais ici, il n'y a aucun auteur, car nous n'avons en répétition aucune pièce nouvelle.

LA BELLE-FILLE *(avec une joyeuse vivacité, montant l'escabeau en courant)* : Tant mieux alors, Monsieur ! Tant mieux ! Nous pourrions être, nous, votre pièce nouvelle.

UN DES ACTEURS *(parmi les commentaires ironiques et les rires des autres)* : Hein, tu entends ? Tu entends ça ?

LE PÈRE *(suivant la Belle-fille sur la scène)* : Bien sûr, mais s'il n'y a pas d'auteur...

Au Directeur :

À moins que vous ne vouliez l'être, vous-même...

La Mère, tenant la Fillette par la main, et l'Adolescent montent les premières marches de l'escabeau et restent là, en attente. Le Fils reste en bas, renfrogné.

LE DIRECTEUR : Ces Messieurs et ces Dames veulent plaisanter ?

LE PÈRE : Non, mais que dites-vous là, Monsieur ? Nous vous apportons au contraire un drame douloureux.

LA BELLE-FILLE : Et nous pourrions être votre chance !

LE DIRECTEUR : Faites-moi plutôt le plaisir de partir d'ici : nous n'avons pas de temps à perdre avec les fous !

LE PÈRE *(blessé et mielleux)* : Oh Monsieur ! Vous savez bien que la vie est pleine d'un nombre infini d'absurdités qui, avec une sorte d'impudence, n'ont pas même besoin de paraître vraisemblables : parce qu'elles sont vraies.

LE DIRECTEUR : Mais que diable dites-vous là ?

LE PÈRE : Je dis qu'on peut estimer que c'est réellement une folie, oui Monsieur, que de s'efforcer de faire le contraire ; je veux dire : d'en créer de vraisemblables pour qu'elles paraissent vraies. Mais vous me permettrez de vous faire observer que, si c'est là de la folie, ce n'en est pas moins la seule raison d'être de votre métier.

Les Acteurs s'agitent, indignés.

LE DIRECTEUR *(se levant et le toisant)* : Ah oui ? Vous trouvez que c'est un métier de fous, que le nôtre ?

LE PÈRE : Ma foi, faire paraître vrai ce qui ne l'est pas ; et cela, Monsieur, sans nécessité, par jeu... N'est-ce pas votre fonction que de donner vie, sur la scène, à des personnages imaginaires ?

LE DIRECTEUR *(aussitôt, se faisant l'interprète de l'indignation croissante de ses Acteurs)* : Mais moi je vous prie de croire, cher Monsieur, que la profession de comédien est une profession très noble ! Si au jour d'aujourd'hui ces messieurs les nouveaux auteurs dramatiques nous donnent à représenter des pièces imbéciles et des fantoches au lieu d'êtres humains, sachez que c'est notre fierté que d'avoir donné vie – ici, sur ces planches – à des œuvres immortelles !

Les Acteurs, satisfaits, approuvent et applaudissent leur Directeur.

LE PÈRE *(les interrompant et enchaînant avec fougue)* : Voilà ! Très bien ! À des êtres vivants, plus vivants que ceux qui respirent et portent des vêtements ! Moins réels, peut-être ; mais plus vrais ! Nous sommes tout à fait du même avis !

Les Acteurs se regardent entre eux, abasourdis.

LE DIRECTEUR : Mais comment ? Si, avant, vous disiez...

LE PÈRE : Non, pardon, je disais cela pour vous, Monsieur, qui nous avez crié que vous n'avez pas de temps à perdre avec les fous, alors que personne mieux que vous ne peut savoir que la nature se sert, comme instrument, de l'imagination humaine pour poursuivre, à un niveau supérieur, son œuvre de création.

LE DIRECTEUR : Ça va, ça va. Mais à quelle conclusion voulez-vous arriver avec ça ?

LE PÈRE : À rien, Monsieur. À vous démontrer qu'on naît à la vie de bien des façons, sous bien des formes : arbre ou pierre, eau ou papillon... ou femme. Et que l'on naît aussi personnage !

LE DIRECTEUR *(avec un étonnement ironique simulé)* : Et vous, avec ces Messieurs et ces Dames qui vous entourent, vous êtes né personnage ?

LE PÈRE : Exactement, Monsieur. Et vivants, comme vous nous voyez.

Le Directeur et les Acteurs éclatent de rire, comme pour une blague.

LE PÈRE *(blessé)* : Je regrette que vous riiez ainsi, parce que nous portons en nous, je le répète, un drame douloureux, comme vous pouvez l'inférer en voyant cette femme voilée de noir.

En disant ces mots, il tend la main à la Mère pour l'aider à monter les dernières marches et, continuant à la tenir par la main, il la mène, avec une sorte de solennité tragique, de l'autre côté de la scène, qui s'éclaire aussitôt d'une lumière irréelle. La Fillette et l'Adolescent suivent la Mère ; puis, de même, le Fils, qui se tient à distance, au fond ; et de même la Belle-fille, qui s'écarte elle aussi vers l'avant, appuyée au cadre de la scène. Les Acteurs, d'abord stupéfaits, puis admiratifs devant cette manœuvre, applaudissent bruyamment, comme pour un spectacle qui leur serait offert[7].

LE DIRECTEUR (*d'abord abasourdi, puis furieux*) : Allons donc ! Faites silence !

Puis, s'adressant aux Personnages :

Et vous, partez ! Filez d'ici !

Au Régisseur :

Bon Dieu, faites-les partir !

LE RÉGISSEUR (*s'avançant, mais ensuite s'arrêtant, comme retenu par un étrange désarroi*)[8] : Allez-vous-en ! Allez-vous-en !

LE PÈRE (*au Directeur*) : Mais non, voyez, nous...

LE DIRECTEUR (*criant*) : À la fin, nous, ici, nous avons à travailler !

LE PREMIER ACTEUR : Il n'est pas permis de se moquer ainsi...

LE PÈRE (*décidé, s'avançant*) : Moi, je suis vraiment stupéfié de votre incrédulité ! N'êtes-vous pas habitués, Mesdames et Messieurs, à voir se dresser vivants, sur cette scène, l'un en face de l'autre, les personnages créés par un auteur ? Peut-être parce que là,

il montre le trou du Souffleur :

il n'y a pas de texte qui nous contienne ?

LA BELLE-FILLE (*s'avançant vers le Directeur, souriante, charmeuse*) : Croyez, Monsieur, que nous sommes vraiment six personnages très intéressants. Quoique perdus.

LE PÈRE (*l'écartant*) : Oui, perdus, c'est à peu près ça !

Au Directeur, immédiatement :

En ce sens, voyez, que l'auteur qui nous a créés, vivants, n'a pas voulu, ensuite, ou n'a pas pu, matériellement, nous mettre au monde de l'art. Et ç'a été un vrai crime, Monsieur, parce que celui qui a la chance de naître personnage vivant peut se moquer même de la mort. Il ne meurt plus ! L'homme, l'écrivain, instrument de la création, mourra ; la créature, elle, ne meurt plus ! Et pour vivre éternellement, elle n'a pas même besoin de dons extraordinaires ou d'accomplir des prodiges. Qui était Sancho Pança ? Qui était Don Abbondio ? Et pourtant ils vivent éternellement parce que – germes vivants – ils ont eu la chance de trouver une matrice féconde, une imagination qui a su les élever et les nourrir, les faire vivre pour l'éternité !

LE DIRECTEUR : Tout ça, c'est très bien ! Mais qu'est-ce que vous voulez, vous, ici ?

LE PÈRE : Nous voulons vivre, Monsieur !

LE DIRECTEUR (*ironique*) : Pour l'éternité ?

LE PÈRE : Non, Monsieur : au moins pour un moment, en vous.

UN ACTEUR : Mais regarde-moi ça ! Regarde !

LE PREMIER ACTEUR : Ils veulent vivre en nous !

LE JEUNE PREMIER (*indiquant la Belle-fille*) : Eh bien, pour moi, volontiers, si j'avais celle-là comme partenaire !

LE PÈRE : Regardez, regardez : la pièce est à faire ;

Au Directeur :

mais si vous le voulez, et si vos Acteurs le veulent, nous la monterons tout de suite, de concert.

LE DIRECTEUR (*agacé*) : Mais qu'est-ce que vous voulez monter de concert ? Ici, on ne donne pas de ce genre de concerts ! Ici, on joue des drames et des comédies !

LE PÈRE : Eh bien, d'accord ! C'est justement pour cela que nous sommes venus vous trouver, ici.

LE DIRECTEUR : Et, où est le texte ?

LE PÈRE : Il est en nous, Monsieur.

Les Acteurs rient.

Le drame est en nous ; c'est nous ; et nous sommes impatients de le jouer, comme la passion bouillonne en nous.

LA BELLE-FILLE (*sarcastique, avec la grâce perfide d'une impudence affichée*) : Ma passion, si vous saviez, Monsieur ! Ma passion... pour lui !

Elle montre le Père et s'approche comme pour l'embrasser; mais elle éclate ensuite d'un rire strident.

LE PÈRE (*avec un éclat de colère*) : Toi, reste à ta place, pour l'instant! Et je te prie de ne pas rire de cette façon!

LA BELLE-FILLE : Ah non? Et alors, permettez-moi : bien que je sois orpheline depuis à peine deux mois, voyez, Mesdames et Messieurs, comme je chante et comme je danse!

Elle fredonne malicieusement «Prends garde à Tchou-Tchin-Tchou» de Dave Stemper, adapté en fox-trot ou one-step lent par Francis Salabert : la première strophe, en l'accompagnant d'un pas de danse :

> Les Chinois sont un peuple malin,
> De Shanghaï à Pékin
> Ils ont mis des écriteaux partout :
> Prenez garde à Tchou-Tchin-Tchou.

Les Acteurs, surtout les jeunes, tandis qu'elle chante et danse, comme attirés par un charme étrange, se dirigent vers elle et tendent un peu les mains comme pour la saisir. Elle s'esquive; et, quand les Acteurs, tout d'un coup, applaudissent, elle reste, sous le coup du reproche du Directeur, comme absente et lointaine[9].

LES ACTEURS ET LES ACTRICES (*riant et applaudissant*) : Bien! Bravo! Très bien!

LE DIRECTEUR (*en colère*) : Silence! Vous vous croyez peut-être dans un café-concert?

Entraînant le Père un peu à l'écart, avec un air vaguement consterné :

Mais dites-moi un peu : elle est folle?

LE PÈRE : Non, pas folle du tout! C'est pire!

LA BELLE-FILLE (*aussitôt, accourant vers le Directeur*) : Pire! Pire! Et comment, Monsieur! Pire! Écoutez, s'il vous plaît; faites-le nous représenter tout de suite, ce drame, et vous verrez qu'à un certain moment, moi, – quand cet amour d'enfant

elle prend par la main la Fillette qui se tient aux côtés de la Mère, et la mène devant le Directeur

– vous voyez comme elle est jolie ?

elle la prend dans ses bras et l'embrasse

chérie ! chérie !

Elle la repose à terre et ajoute, comme sans le vouloir, émue :

Eh bien, quand cet amour d'enfant, Dieu l'enlèvera soudainement à cette pauvre mère ; et que ce petit imbécile

elle pousse en avant l'Adolescent, en l'empoignant grossièrement par la manche

fera la plus grosse des bêtises, en vrai crétin qu'il est

elle le renvoie, en le poussant, vers la Mère,

– alors vous verrez que, moi, je prendrai le large ! Oui Monsieur, je prendrai le large ! Le large ! Et cela me semble long à venir, croyez-moi, long à venir ! Parce que, après ce qui est arrivé de très intime entre lui et moi

elle désigne le Père avec un abominable clin d'œil

je ne puis plus me voir en cette compagnie, assister au déchirement de cette mère à cause de ce gars-là

elle désigne le Fils

– regardez-le ! Mais regardez-le ! – indifférent, lui, glacial, parce qu'il est le fils légitime, lui, plein de mépris pour moi, pour celui-là,

elle désigne l'Adolescent

pour cette petite enfant ; parce que nous sommes des bâtards – vous comprenez ? des bâtards.

Elle s'approche de la Mère et l'embrasse.

Et cette pauvre mère, qui est notre mère commune, à tous, lui ne veut pas la reconnaître comme sa mère à lui aussi ; et il la regarde de haut, lui, comme si elle était seulement la mère de nous trois, les bâtards : salaud !

Elle dit tout cela rapidement, en état d'extrême excitation ; et arrivée au « salaud » de la fin, après avoir élevé la voix sur « bâtards », elle le prononce lentement, comme en le crachant.

LA MÈRE (*avec une angoisse infinie, au Directeur*) : Monsieur, au nom de ces deux petits enfants, je vous supplie

elle se sent défaillir, et chancelle

– oh, mon Dieu...

LE PÈRE (*accourant pour la soutenir, avec la presque totalité des Acteurs, abasourdis et consternés*) : Je vous en prie, une chaise, une chaise pour cette pauvre veuve !

LES ACTEURS (*accourant*) : Mais c'est donc vrai ? Elle s'évanouit pour de bon ?

LE DIRECTEUR : Une chaise ici, tout de suite !

Un des Acteurs avance une chaise ; les autres se groupent autour, empressés. La Mère, assise, tâche d'empêcher le Père de soulever le voile qui lui cache le visage.

LE PÈRE : Regardez-la, Monsieur, regardez-la...

LA MÈRE : Mais non, grand Dieu, arrête !

LE PÈRE : Laisse-toi voir !

Il soulève son voile.

LA MÈRE (*se levant et portant les mains à son visage, désespérément*) : Oh, Monsieur, je vous supplie d'empêcher cet homme de réaliser son projet, qui est horrible pour moi !

LE DIRECTEUR (*surpris, ahuri*) : Mais moi, je ne comprends plus où nous sommes, ni de quoi il s'agit !

Au Père :

Cette dame est votre femme ?

LE PÈRE *(aussitôt)* : Oui Monsieur, mon épouse !

LE DIRECTEUR : Et comment donc est-elle veuve,
puisque vous êtes vivant ?

> *Les Acteurs se libèrent de tout leur ahurissement*
> *par un éclat de rire retentissant.*

LE PÈRE *(blessé, avec une aigre rancœur)* : Ne riez
pas ! Ne riez pas ainsi, je vous en supplie ! C'est cela,
justement, son drame, Monsieur. Elle a eu un autre
homme. Un autre homme qui devrait être ici !

LA MÈRE *(dans un cri)* : Non ! Non !

LA BELLE-FILLE : Par chance pour lui, il est mort :
depuis deux mois, je vous l'ai dit. Nous portons encore
son deuil, comme vous voyez.

LE PÈRE : Mais s'il n'est pas ici, voyez-vous, ce
n'est pas parce qu'il est mort. Il n'est pas ici parce
que — regardez-la, Monsieur, s'il vous plaît, et vous
le comprendrez tout de suite ! — son drame n'a pas pu
consister en l'amour de deux hommes pour qui elle,
par incapacité, ne pouvait rien éprouver — en dehors,
peut-être, d'un peu de reconnaissance (pas pour moi :
pour l'autre !). — Ce n'est pas une femme, c'est une
mère ! — Et son drame — intense, Monsieur, intense —
réside tout entier, en effet, en ces quatre enfants des
deux hommes qu'elle a eus.

LA MÈRE : Moi, je les ai eus ? Tu as le courage
de dire que c'est moi qui les ai eus, comme si je les
avais voulus ? C'est lui, Monsieur ! C'est lui qui me
l'a donné, cet autre, par la force ! Il m'a obligée,
obligée à partir avec lui !

LA BELLE-FILLE *(brusquement, indignée)* : Ce n'est
pas vrai !

LA MÈRE *(abasourdie)* : Comment, ce n'est pas vrai ?

LA BELLE-FILLE : Ce n'est pas vrai ! Ce n'est pas
vrai !

LA MÈRE : Et qu'est-ce que tu peux en savoir, toi ?

LA BELLE-FILLE : Ce n'est pas vrai !

Au Directeur :

Ne la croyez pas ! Vous savez pourquoi elle dit ça ?
À cause de celui-là

elle montre le Fils

elle dit ça ! Parce qu'elle se torture, qu'elle se mine
à cause de l'indifférence de ce fils-là, à qui elle veut
faire entendre que, si elle l'a abandonné quand il avait
deux ans, c'est parce que lui

elle montre le Père

l'a forcée.

LA MÈRE *(avec force)* : Il m'a obligée, obligée, et
j'en appelle Dieu à témoin !

Au Directeur :

Demandez-le-lui

elle montre son mari

si ce n'est pas vrai ! Faites-le-lui dire, à lui !... Elle

elle montre sa fille

elle ne peüt rien en savoir.

LA BELLE-FILLE : Je sais qu'avec mon père, tant
qu'il a vécu, tu as toujours été en paix, et contente.
Nie-le, si tu peux !

LA MÈRE : Je ne le nie pas, non...

LA BELLE-FILLE : Toujours plein d'amour et de soins
pour toi !

À l'Adolescent, avec rage :

Ce n'est pas vrai ? Dis-le ! Pourquoi ne parles-tu pas,
idiot ?

LA MÈRE : Laisse donc ce pauvre garçon tranquille.
Pourquoi veux-tu me faire passer pour une ingrate, ma
fille ? Je ne veux surtout pas offenser ton père ! J'ai
répondu, à celui-là, que je n'ai abandonné sa maison
et mon fils ni par ma faute, ni pour mon plaisir !

LE PÈRE : C'est vrai, Monsieur. C'est moi.

Une pause[10].

LE PREMIER ACTEUR *(à ses compagnons)* : Mais voyez un peu quel spectacle !

LA PREMIÈRE ACTRICE : Ils nous le donnent, eux, à nous !

LE JEUNE PREMIER : Pour une fois !

LE DIRECTEUR *(qui commence à être vivement intéressé)* : Écoutons ! Écoutons !

> *En disant ces mots, il descend dans la salle par un des escabeaux, et il reste debout devant la scène, comme pour saisir, en spectateur, l'impression que fait la scène[11].*

LE FILS *(sans bouger de sa place, froid, posé, ironique)[12]* : Oui, écoutez ce beau morceau de philosophie, maintenant. Il va vous parler du Démon de l'Expérimentation.

LE PÈRE : Tu es un cynique imbécile, je te l'ai dit cent fois.

> *Au Directeur, qui se trouve déjà dans la salle[13]* :

Il me raille, Monsieur, à cause de cette phrase que j'ai trouvée pour m'excuser.

LE FILS *(méprisant)* : Des phrases.

LE PÈRE : Des phrases ! Des phrases ! Comme si ce n'était pas un réconfort pour tout le monde, devant un fait qui ne s'explique pas, devant un mal qui nous ronge, que de trouver des mots qui ne veulent rien dire, et par lesquels on s'apaise !

LA BELLE-FILLE : Y compris le remords, bien sûr ! Surtout lui !

LE PÈRE : Le remords ? Ce n'est pas vrai, je ne l'ai pas apaisé en moi seulement avec des mots.

LA BELLE-FILLE : Avec aussi un peu d'argent, oui, oui, avec un peu d'argent aussi ! Avec les cent lires qu'il était sur le point de m'offrir en paiement, Mesdames et Messieurs !

Mouvement d'horreur des Acteurs.

LE FILS (*avec mépris, à sa demi-sœur*) : Ça, c'est ignoble !

LA BELLE-FILLE : Ignoble ? Elles étaient là, dans une enveloppe bleu clair, sur le guéridon d'acajou, là-bas dans l'arrière-boutique de Madame Pace. Vous savez, Monsieur ? Une de ces dames qui, sous prétexte de vendre des « *Robes et Manteaux* », nous attirent dans leurs *ateliers*, nous, filles pauvres de bonnes familles.

LE FILS : Et elle s'est acheté le droit de nous tyranniser tous, avec ces cent lires qu'il était sur le point de payer – notez bien – par chance il n'a pas eu ensuite de raison de payer.

LA BELLE-FILLE : Eh oui : mais nous avons été vraiment à deux doigts, tu sais !

Elle éclate de rire.

LA MÈRE (*protestant*) : C'est une honte, ma fille ! Une honte !

LA BELLE-FILLE (*avec brusquerie*) : Une honte ? C'est ma vengeance ! Je bous d'impatience, Monsieur, je bous d'impatience de la vivre, cette scène. La petite salle... de ce côté, la vitrine des manteaux ; là, le divan-lit ; la psyché ; un paravent ; et devant la fenêtre, ce guéridon d'acajou avec l'enveloppe bleu clair des cent lires ! Je la vois ! Je pourrais la prendre ! Mais vous, Messieurs, il faudrait que vous vous tourniez : je suis presque nue ! Je ne rougis plus, parce que c'est lui qui rougit, maintenant.

Elle montre le Père.

Mais je vous assure qu'il était très pâle, très pâle, à ce moment-là !

Au Directeur :

Croyez-moi, Monsieur !

LE DIRECTEUR : Moi, je n'y comprends plus rien !

LE PÈRE : Bien sûr ! Attaqué de cette façon ! Exigez un peu d'ordre, Monsieur, et permettez que je parle, moi, sans prêter attention à l'ignominie dont celle-là, avec une telle férocité, tente de me charger à vos yeux, sans les explications indispensables.

La Belle-Fille : Ici, on ne raconte pas ! On ne raconte pas !

Le Père : Mais moi, je ne raconte pas. Je veux lui expliquer.

La Belle-Fille : Ah oui, bien sûr ! À ta façon !

Là-dessus, le Directeur remonte sur la scène, pour remettre de l'ordre[14].

Le Père : Mais si tout le mal est là ! Dans les mots ! Nous avons tous en nous une foule de choses, et chacun une foule de choses à lui ! Et comment pouvons-nous nous comprendre, Monsieur, si dans les mots que je dis je mets le sens et la valeur des choses comme elles sont en moi ; tandis que ceux qui les écoutent, inévitablement, les prennent avec le sens et la valeur qu'ils ont pour eux, ceux des choses qu'ils ont en eux ? On croit se comprendre ; on ne se comprend jamais ! Regardez : ma pitié, toute ma pitié pour cette femme

il montre la Mère

a été comprise par elle comme la plus féroce des cruautés !

La Mère : Mais si tu m'as chassée !

Le Père : Voilà, vous l'entendez ? Chassée ! Elle croit que je l'ai chassée !

La Mère : Tu sais parler, moi, je ne sais pas... Mais croyez-moi, Monsieur, qu'après m'avoir épousée... allez savoir pourquoi ! (j'étais une pauvre, une humble femme...).

Le Père : Mais c'est justement pour ça, pour ton humilité, que je t'ai épousée ; c'est elle que j'ai aimée en toi, croyant...

Il s'interrompt devant les gestes de dénégation de la Mère ; il ouvre les bras en un geste de désespoir, voyant l'impossibilité de se faire comprendre par elle, et il s'adresse au Directeur :

Non, vous voyez? Elle dit : non! Elle est épouvantable, Monsieur, croyez-moi, épouvantable, sa

il se frappe le front

surdité, sa surdité mentale! Du cœur, oui : pour ses enfants! Mais sourde, sourde pour ce qui est du cerveau, sourde, Monsieur, jusqu'à en être désespérante!

LA BELLE-FILLE : D'accord, mais faites-vous dire, maintenant, quelle chance a été pour nous son intelligence.

LE PÈRE : Si on pouvait prévoir tout le mal qui peut naître du bien que nous croyons faire!

À ce point la Première Actrice, qui écumait en voyant le Premier Acteur faire du plat à la Belle-fille, s'avance et demande au Directeur :

LA PREMIÈRE ACTRICE : Pardon, Monsieur le Directeur, est-ce que la répétition va continuer?

LE DIRECTEUR : Mais oui! Mais oui! Laissez-moi écouter, pour l'instant.

LE JEUNE PREMIER : C'est une situation tellement nouvelle!

L'INGÉNUE : Et tout à fait intéressante!

LA PREMIÈRE ACTRICE : Pour ceux qu'elle intéresse!

Et elle lance un coup d'œil au Premier Acteur.

LE DIRECTEUR : Mais vous, il faut que vous vous expliquiez clairement.

Il s'assied.

LE PÈRE : J'y viens, oui. Voyez Monsieur : il y avait avec moi un pauvre homme, mon collaborateur, mon secrétaire, plein de dévouement, qui s'entendait en tout et pour tout avec elle,

il montre la Mère

sans manquer à l'honnêteté – entendons-nous bien! – bon, humble comme elle, et l'un et l'autre incapables, non seulement de faire le mal, mais même d'y penser!

La Belle-Fille : Il y a pensé, lui, en revanche, pour eux : et il l'a fait !

Le Père : Ce n'est pas vrai ! J'ai voulu faire leur bien – et le mien aussi, oui, je l'avoue ! Monsieur, j'en étais arrivé à ce point que je ne pouvais pas dire un mot à l'un ou à l'autre sans qu'aussitôt ils n'échangent entre eux un regard d'intelligence ; sans que l'un cherche aussitôt les yeux de l'autre pour demander conseil, pour voir comment il fallait prendre ce que je venais de dire pour ne pas me faire enrager. Cela suffisait, vous comprenez, pour me faire vivre dans une rage continuelle, dans un état d'exaspération intolérable !

Le Directeur : Mais – excusez-moi – pourquoi ne pas l'avoir chassé, ce secrétaire !

Le Père : Bien sûr ! Effectivement, je l'ai chassé ! Mais alors, j'ai vu cette pauvre femme rester chez moi comme perdue, comme un de ces animaux sans maître qu'on recueille par charité.

La Mère : Pardi !

Le Père (*tout de suite, se tournant vers elle, comme pour la devancer*) : Notre fils, n'est-ce pas ?

La Mère : Auparavant, Monsieur, il m'avait enlevé mon fils, que je nourrissais encore !

Le Père : Mais pas par cruauté ! Pour le faire grandir sain et robuste, au contact de la terre !

La Belle-Fille (*le montrant, ironiquement*) : Et ça se voit !

Le Père (*aussitôt*) : Ah, c'est encore ma faute, si par la suite il a grandi comme ça ? Je l'avais mis en nourrice, Monsieur, à la campagne, chez une paysanne, parce que celle-là ne me paraissait pas assez forte, bien qu'elle fût d'humble naissance. C'était la même raison pour laquelle je l'avais épousée, elle. Des lubies, peut-être : mais que voulez-vous y faire ? J'ai toujours eu de ces maudites aspirations à une solide santé morale !

La Belle-fille, à ce point, éclate à nouveau de rire, bruyamment.

Mais faites-la cesser ! C'est insupportable !

LE DIRECTEUR : Arrêtez-vous ! Laissez-moi écouter, bon Dieu[15] !

Aussitôt, entendant la réprimande du Directeur, elle reste une nouvelle fois comme absorbée et lointaine, avec son rire bloqué. Le Directeur redescend dans la salle pour saisir l'impression que fait la scène[16].

LE PÈRE : Pour moi, je n'ai plus pu voir cette femme auprès de moi.

Il montre la Mère.

Mais cela, croyez-moi, pas tellement pour le désagrément, pour le dégoût – un vrai dégoût – que j'en ressentais, que pour la peine – une peine angoissante – que j'éprouvais pour elle.

LA MÈRE : Et il m'a renvoyée !

LE PÈRE : Bien pourvue de tout, à cet homme, oui Monsieur, pour la libérer de moi !

LA MÈRE : Et se libérer, lui !

LE PÈRE : Oui Monsieur, moi aussi – je l'admets ! Et il s'en est suivi beaucoup de mal. Mais moi, je l'ai fait pour le bien... et plus pour elle que pour moi : je le jure !

Il croise les bras sur sa poitrine ; puis, tout de suite, s'adressant à la Mère :

T'ai-je jamais perdue de vue, dis, t'ai-je jamais perdue de vue jusqu'à ce que l'autre t'ait emmenée, du jour au lendemain, à mon insu, dans une autre région, bêtement impressionné qu'il était par ce que je te témoignais de pur intérêt, pur, Monsieur, croyez-moi, sans la moindre arrière-pensée ? Je m'intéressais avec une incroyable tendresse à la nouvelle petite famille qui grandissait autour d'elle. Cela, elle aussi peut l'attester.

Il montre la Belle-fille.

LA BELLE-FILLE : Et comment ! Quand j'étais toute

petite, savez-vous ? avec mes tresses dans le dos et
mes culottes plus longues que la jupe – petite comme
ça –, je le voyais devant le portail de l'école, quand
j'en sortais. Il venait voir comment je grandissais...

LE PÈRE : Cela est perfide ! Infâme !

*Aussitôt, impétueusement, au Directeur, sur un ton
d'explication* :

Ma maison, Monsieur, elle partie,

il montre la Mère

m'a paru tout de suite vide. Elle était mon cauchemar :
mais elle me la remplissait ! Seul, je me retrouvai dans
les pièces de cette maison comme une mouche sans
tête. Celui-là,

il montre le Fils

élevé au-dehors, à peine revenu à la maison – comment
dire ? – ne me parut plus mon fils. Sa mère manquant
entre lui et moi, il a grandi pour lui-même, à part,
sans aucun lien affectif ni intellectuel avec moi. Et
alors (c'est peut-être étrange, Monsieur, mais c'est
ainsi) j'ai été d'abord intrigué, puis peu à peu attiré
par la petite famille de celle-là, qui existait grâce à
moi ; cette pensée a commencé à remplir le vide que
je sentais autour de moi. J'avais besoin, vraiment besoin
de me les figurer en paix, tout appliqués aux soins les
plus simples de la vie, heureux parce qu'à l'écart et
loin des tourments compliqués de mon esprit. Et pour
en avoir une preuve, j'allais voir cette enfant à la sortie
de son école !

LA BELLE-FILLE : Bien sûr ! Il me suivait dans la
rue ; il me souriait et, quand j'arrivais à la maison, il
me saluait de la main – comme ça ! Je le regardais
avec des yeux ronds, effarouchée. Je ne savais pas qui
il était ! Je l'ai dit à Maman. Et elle, elle a dû
comprendre tout de suite que c'était lui.

La Mère fait signe que oui, de la tête.

Tout d'abord, elle n'a plus voulu m'envoyer à l'école,

pendant des jours. Quand j'y suis retournée, je l'ai revu à la sortie – grotesque ! – avec un ballot enveloppé de papier, dans les mains. Il s'est approché de moi, m'a caressée, et il a sorti de ce paquet un beau, grand chapeau de paille de Florence, avec une guirlande de petites roses de mai – pour moi !

Le Directeur : Mais tout ça, Mademoiselle, Monsieur, c'est du récit !

Le Fils (*méprisant*) : Mais oui, de la littérature ! De la littérature !

Le Père : Comment, de la littérature ? C'est de la vie, Monsieur ! De la passion !

Le Directeur : Peut-être ! Mais pas représentable !

Le Père : D'accord, Monsieur ! Parce que tout cela, ce sont les antécédents. Et je ne dis pas de représenter cela. Comme vous voyez, en effet, elle

il montre la Belle-fille

n'est plus cette petite fille avec des tresses dans le dos –

La Belle-Fille : – et les culottes qui dépassent de la jupe !

Le Père : Le drame, il arrive maintenant, Monsieur ! Singulier, complexe. –

La Belle-Fille (*sombre, farouche, s'avançant*)[17] : – Mon Père à peine mort –

Le Père (*aussitôt, pour ne pas lui donner le temps de parler*)[17bis] : ... la misère, Monsieur ! Ils reviennent ici, à mon insu. À cause de la stupidité de celle-là.

Il montre la Mère.

Elle sait à peine écrire ; mais elle pouvait me faire écrire par sa fille, par ce garçon, qu'ils étaient dans le besoin !

La Mère : Dites-moi, Monsieur, si je pouvais deviner en lui tous ces sentiments.

Le Père : Justement, c'est là ton tort, de n'avoir jamais deviné aucun de mes sentiments !

La Mère : Après tant d'années d'éloignement, et tout ce qui était arrivé...

LE PÈRE : Parce que c'est ma faute, si ce brave type vous a emmenés comme ça ?

S'adressant au Directeur :

Je vous l'ai dit : du jour au lendemain... parce qu'il avait trouvé ailleurs je ne sais quelle situation. Il ne m'a pas été possible de les retrouver ; et alors, forcément, mon intérêt pour eux s'est éteint, pendant tant d'années. Le drame éclate, Monsieur, imprévu et violent, à leur retour ; alors que moi, malheureusement, porté par la misère de ma chair encore bien vivante... Ah, misère, vraiment une misère, pour un homme seul, qui ne voulait pas de liaisons avilissantes ; pas encore assez vieux pour pouvoir se passer de la femme, et plus assez jeune pour pouvoir facilement et sans honte aller à sa recherche ! Une misère ? Que dis-je ! l'horreur, l'horreur ; parce qu'aucune femme ne peut plus lui donner de l'amour. – Et quand on comprend cela, on devrait s'en passer... Bah ! Monsieur, chacun – extérieurement, devant les autres – est revêtu de dignité ; mais au-dedans de lui, il sait bien tout ce que, dans son intimité avec lui-même, il se passe d'inavouable. On cède, on cède à la tentation ; pour s'en relever tout de suite après, si possible, avec une grande hâte de rétablir, entière et solide, comme une pierre sur une fosse, sa dignité, qui cache et ensevelit à ses propres yeux toute trace, et le souvenir même, de la honte. C'est comme ça pour tous ! Il ne manque que le courage de les dire, certaines choses !

LA BELLE-FILLE : Parce que celui de les faire, en définitive, ils l'ont tous !

LE PÈRE : Tous ! Mais en cachette ! Et c'est pourquoi il faut plus de courage pour les dire ! Car il suffit que quelqu'un les dise, et c'est fait : on lui colle une réputation de cynique. Alors que ce n'est pas vrai, Monsieur : il est comme tous les autres, et même meilleur ; meilleur, parce qu'il n'a pas peur de révéler, par la lumière de l'intelligence, le rouge de la honte, là, sur la bestialité humaine, qui ferme toujours les yeux pour ne pas la voir. La femme – nous y voici

– la femme, en effet, comment est-elle ? Elle nous regarde, aguichante, invitante. On la saisit ! À peine la serre-t-on, elle ferme aussitôt les yeux. C'est le signe qu'elle se rend, le signe par lequel elle dit à l'homme : « Aveugle-toi, moi, je suis aveugle ! »

LA BELLE-FILLE : Et quand elle ne les ferme plus ? Quand elle ne sent plus le besoin de se cacher à elle-même, en fermant les yeux, le rouge de sa honte, et qu'au contraire elle voit, avec des yeux devenus secs et impassibles, celui de l'homme, qui, quoique sans amour, s'est aveuglé ? Ah quel dégoût, alors, quel dégoût de toutes ces complications intellectuelles, de toute cette philosophie qui dévoile la bête et veut ensuite la sauver, l'excuser... Je ne peux pas l'entendre, Monsieur ! Parce que, quand on est contraint de « la simplifier » – la vie –, en rejetant tout l'attirail « humain » des aspirations chastes, des sentiments purs : idéaux, devoirs, la pudeur, la honte, rien ne suscite plus l'indignation et la nausée que certains remords, qui sont des larmes de crocodile !

LE DIRECTEUR : Venons au fait, Mademoiselle, Monsieur, venons au fait ! Ça, ce sont des discussions !

LE PÈRE : Bon, d'accord, Monsieur. Mais un fait est comme un sàc : vide, il ne tient pas debout. Pour qu'il tienne debout, il faut d'abord faire entrer dedans la raison et les sentiments qui l'ont déterminé. Moi, je ne pouvais pas savoir que, cet homme étant mort là-bas, et qu'eux étant revenus ici dans la misère, pour assurer la subsistance de ses enfants, elle

il montre la Mère

s'affairait à travailler comme couturière, et qu'elle était allée chercher du travail, justement, chez cette... chez cette Madame Pace !

LA BELLE-FILLE : Une couturière élégante, Mesdames et Messieurs, si vous voulez le savoir ! Apparemment, elle sert les dames du meilleur monde, mais en fait elle a tout organisé pour que ces dames du meilleur monde... sans parler des autres, les couci-couça, la servent de leur côté.

LA MÈRE : Croyez-moi, Monsieur, si je vous dis que le soupçon ne m'a pas traversé l'esprit, si peu que ce fût, que cette mégère me donnait du travail parce qu'elle avait jeté les yeux sur ma fille...

LA BELLE-FILLE : Pauvre maman ! Savez-vous, Monsieur, ce que cette femme faisait, aussitôt que je lui rapportais le travail fait par elle ? Elle me faisait remarquer les affaires qu'elle avait gâchées, en les donnant à coudre à ma mère ; elle défalquait, défalquait. De la sorte, vous comprenez, c'était moi qui payais, alors que cette malheureuse croyait se sacrifier pour moi et pour ces deux-là en cousant, jusque pendant la nuit, les affaires de Madame Pace.

Mouvements et cris d'indignation des Acteurs[18].

LE DIRECTEUR *(aussitôt)*[18bis] : Et là, vous, un jour, vous avez rencontré...

LA BELLE-FILLE *(montrant le Père)* : ... lui, lui, oui Monsieur ! Un vieux client ! Vous verrez quelle scène à représenter ! Superbe !

LE PÈRE : Avec l'arrivée inopinée de celle-là, de sa mère...

LA BELLE-FILLE *(aussitôt, perfidement)* : ... presque à temps !

LE PÈRE *(criant)* : ... non, à temps ! À temps ! Parce que, heureusement, je la reconnais à temps ! Et je les ramène tous chez moi, Monsieur ! Imaginez-vous, maintenant, ma situation et la sienne, l'un en face de l'autre : elle, telle que vous la voyez ; et moi qui ne peux plus la regarder en face !

LA BELLE-FILLE : Très drôle ! Mais était-il possible, Monsieur, d'exiger de moi – « après » – que je me comporte comme une petite demoiselle modeste, bien élevée et vertueuse, en accord avec ses maudites aspirations à « une solide santé morale » ?

LE PÈRE : Le drame, pour moi, est là tout entier, Monsieur : dans la conscience que j'ai que chacun de nous – voyez-vous – se croit « un » mais que ce n'est pas vrai : il est « beaucoup », Monsieur, « beaucoup », selon toutes les possibilités d'être qui sont en nous :

« un » avec celui-ci, « un » avec celui-là – tout à fait différents ! Et en même temps, avec l'illusion d'être toujours « un, pour tous », et toujours ce « un » que nous croyons être, en chacun de nos actes. Ce n'est pas vrai ! Ce n'est pas vrai ! Nous nous en rendons bien compte quand, à l'une de nos actions, par un hasard très malencontreux, nous restons tout à coup comme accrochés et suspendus : nous nous rendons compte, veux-je dire, que nous ne sommes pas tout entiers dans cette action, et que ce serait donc une atroce injustice que de nous juger d'après elle seule, de nous y tenir accrochés et suspendus, au pilori, pendant toute une existence, comme si cette dernière était accumulée tout entière dans cette action. Cela étant, vous saisissez la perfidie de cette fille ? Elle m'a surpris en un lieu, en une action et d'une façon où elle n'aurait pas dû me connaître, tel que je ne pouvais pas être pour elle ; et elle veut m'attribuer une réalité telle que j'étais loin de pouvoir m'attendre à devoir l'assumer à ses yeux, celle d'un moment fugitif, honteux de ma vie ! C'est ça, Monsieur, que je ressens par-dessus tout. Et vous verrez que, par là, le drame acquerra une très grande valeur. Et puis, il y a la situation des autres ! Celle de celui-ci...

Il montre le Fils.

Le Fils *(haussant dédaigneusement les épaules)* : Laisse-moi donc tranquille car, moi, je n'ai rien à voir là-dedans.

Le Père : Comment, tu n'as rien à voir là-dedans ?

Le Fils : Je n'ai rien à voir là-dedans, et je ne veux rien avoir à y voir, parce que tu sais bien que je ne suis pas fait pour figurer ici, au milieu de vous !

La Belle-Fille : Nous sommes des gens vulgaires, nous ! – Et lui, quelqu'un de distingué ! – Mais vous pouvez voir, Monsieur, qu'aussi souvent que je le regarde pour le clouer au sol par mon mépris, aussi souvent, lui, il baisse les yeux, parce qu'il sait le mal qu'il m'a fait.

Le Fils *(la regardant à peine)* : Moi ?

LA BELLE-FILLE : Toi ! Toi ! Je te le dois à toi, mon
cher, le trottoir ! À toi !

Gestes d'horreur des Acteurs[19].

Oui ou non, as-tu rendu impossible, par ta façon de
te comporter, je ne dis pas l'intimité du foyer, mais
cette charité qui tire les hôtes d'embarras ? Nous avons
été les intrus, qui venions envahir le royaume de ta
« légitimité » ! Monsieur, je voudrais vous faire assister
à certaines scènes en tête-à-tête entre lui et moi ! Il
dit que je les ai tous tyrannisés. Mais vous voyez ?
C'est justement à cause de son comportement que je
me suis servie de cette raison qu'il qualifie d'« ignoble » ;
la raison pour laquelle je suis entrée chez lui avec ma
mère – qui est aussi sa mère – en maîtresse !

LE FILS *(s'avançant lentement)*[20] : Ils ont beau jeu,
tous, Monsieur, ils ont la partie facile, tous, contre
moi. Mais imaginez-vous un fils à qui, un beau jour,
tandis qu'il se tient tranquille chez lui, il advient de
voir arriver, toute fanfaronne, comme ça, « les yeux
bien droits », une demoiselle qui lui demande son père,
à qui elle a à dire je ne sais quoi ; et puis il la voit
revenir, toujours avec le même air, accompagnée de
cette petite fille-là ; et enfin traiter son père – allez
savoir pourquoi – d'une façon très ambiguë et « expé-
ditive », demandant de l'argent sur un ton qui laisse
supposer que, lui, il doit, il doit en donner, parce qu'il
est dans l'obligation absolue d'en donner...

LE PÈRE : ... mais je l'ai en effet, cette obligation :
c'est pour ta mère !

LE FILS : Et qu'est-ce que j'en sais, moi ? Quand
est-ce que j'ai bien pu la voir, moi, Monsieur ? Quand
ai-je bien pu en entendre parler ? Je la vois paraître
devant moi, un jour, avec elle,

il montre la Belle-fille

avec ce garçon, avec cette petite fille ; ils me disent :
« Hé, tu sais ? C'est ta mère, à toi aussi ! ». Je réussis
à entrevoir, par ses manières

il montre de nouveau la Belle-fille

pour quel motif, ainsi, du jour au lendemain, ils sont entrés chez nous... Monsieur, ce que j'éprouve, moi, ce que je ressens, je ne peux ni ne veux l'exprimer. Tout au plus pourrais-je en faire confidence, et je ne voudrais même pas le faire à moi-même. Cela ne peut donc donner lieu, comme vous voyez, à aucune action de ma part. Croyez-moi, Monsieur, croyez-moi : je suis un personnage non « réalisé » dramatiquement, et je me trouve mal, très mal, en leur compagnie ! – Qu'on me laisse tranquille !

LE PÈRE : Mais comment ? Pardon ! Si c'est, justement, parce que tu es ainsi...

LE FILS *(avec une exaspération violente)*[21] : ... et qu'en sais-tu, toi, de comment je suis ? Quand donc t'es-tu soucié de moi ?

LE PÈRE : Admettons ! Admettons ! Et ce n'est pas une situation, cela aussi ? Cette façon de te tenir à l'écart, si cruelle pour moi, pour ta mère qui, revenue à la maison, te voit presque pour la première fois, si grand, et qui ne te connaît pas, mais sait que tu es son fils...

Montrant la Mère au Directeur :

Vous la voyez ? Regardez : elle pleure !

LA BELLE-FILLE *(rageusement, tapant du pied)* : Comme une idiote !

LE PÈRE *(aussitôt, la montrant elle aussi au Directeur)* : Et cela, elle ne peut pas le souffrir, on le sait !

Parlant de nouveau du Fils :

– Il dit qu'il n'a rien à y voir tandis qu'il est pratiquement, lui, le pivot de l'action ! Regardez ce garçon, qui se tient toujours auprès de sa mère, affolé, humilié... Il est ainsi à cause de lui ! Peut-être que la situation la plus pénible est la sienne : il se sent étranger, plus que tous les autres ; et il éprouve, le pauvre, une mortification angoissante d'être reçu chez nous – ainsi, par charité...

Confidentiellement :

– Il ressemble tout à fait à son père ! Humble, il ne parle pas...

LE DIRECTEUR : Ah, mais ce n'est pas bon du tout ! Vous ne savez pas quels problèmes causent les enfants, sur scène...

LE PÈRE : Oh, mais lui, il vous les enlève tout de suite, les problèmes, vous savez ! Et aussi bien cette petite fille, qui est même la première à s'en aller[22]...

LE DIRECTEUR : Parfait, oui ! Et je vous assure que tout ça m'intéresse, que ça m'intéresse vivement. J'entrevois, j'entrevois qu'il y a matière à en tirer un beau drame !

LA BELLE-FILLE *(essayant de s'immiscer)* : Avec un personnage comme moi !

LE PÈRE *(l'écartant, tout plein d'anxiété qu'il est au sujet de la décision du Directeur)* : Tais-toi, toi !

LE DIRECTEUR *(enchaînant, sans faire attention à l'interruption)* :

Nouvelle, oui...

LE PÈRE : Certes, très nouvelle, Monsieur !

LE DIRECTEUR : Il faut quand même un joli culot – moi, je dis – pour venir déballer ça, comme ça, devant moi...

LE PÈRE : Comprenez, Monsieur : nés, comme nous le sommes, pour la scène...

LE DIRECTEUR : Vous êtes des comédiens amateurs ?

LE PÈRE : Non, je dis « nés pour la scène », parce que...

LE DIRECTEUR : Allons donc, vous devez avoir joué !

LE PÈRE : Mais non, Monsieur : juste ce que chacun de nous joue dans le rôle qu'il s'est attribué, ou que les autres lui ont attribué, dans la vie. Et en moi, du reste, c'est la passion même, voyez, qui devient toujours, d'elle-même, dès qu'elle s'exalte – comme chez tout le monde – un peu théâtrale...

LE DIRECTEUR : Passons, passons ! Comprenez, cher Monsieur, que sans auteur... Je pourrais vous adresser à quelqu'un...

LE PÈRE : Mais non, écoutez : soyez-le vous-même !

LE DIRECTEUR : Moi ? Qu'est-ce que vous dites là ?

LE PÈRE : Oui, vous ! Vous ! Pourquoi pas ?

LE DIRECTEUR : Parce que je n'ai jamais fait le métier d'auteur, moi !

LE PÈRE : Et – pardonnez-moi – vous ne pourriez pas le faire, maintenant ? Il n'y faut pas grand-chose ! Il y en a tant qui le font ! Votre tâche est facilitée par le fait que nous sommes ici, tous, vivants, devant vous.

LE DIRECTEUR : Mais ça ne suffit pas !

LE PÈRE : Comment, ça ne suffit pas ? En nous voyant vivre notre drame...

LE DIRECTEUR : Certes ! Mais il faudra toujours quelqu'un qui l'écrive !

LE PÈRE : Non – qui le transcrive, tout au plus, en l'ayant ainsi devant lui – en action – scène par scène. Il suffira de tracer, auparavant, tout juste un plan – et de répéter !

LE DIRECTEUR (*remontant, tenté, sur la scène*)[23] : Bah... pourquoi pas ? Pourquoi pas ? Ça me tente. Comme ça, par jeu... On pourrait vraiment essayer...

LE PÈRE : Mais oui, Monsieur ! Vous verrez quelles scènes sortiront de là ! Je peux vous les indiquer tout de suite, moi !

LE DIRECTEUR : Ça me tente... ça me tente. Essayons un peu... Venez ici, avec moi, dans ma loge.

S'adressant aux Acteurs :

– Vous, je vous rends votre liberté, pour un moment : mais ne vous éloignez pas trop. Dans un quart d'heure, vingt minutes, soyez de nouveau ici.

Au Père :

Voyons, essayons... Peut-être pourra-t-il vraiment sortir de là quelque chose d'extraordinaire...

LE PÈRE : Mais sans aucun doute ! Il vaudra mieux, ne croyez-vous pas ? les faire venir, eux aussi.

Il montre les autres Personnages.

LE DIRECTEUR : Oui, qu'ils viennent ! Qu'ils viennent !

*Il se met en marche ; mais ensuite, s'adressant
de nouveau aux Acteurs :*

Attention, hein ! Soyez ponctuels. Dans un quart
d'heure[24].

*Le Directeur et les Six Personnages traversent la
scène et disparaissent. Les Acteurs restent là,
comme assommés, à se regarder entre eux.*

LE PREMIER ACTEUR : Mais il parle sérieusement !
Qu'est-ce qu'il veut faire ?

LE JEUNE PREMIER : C'est une véritable folie !

UN TROISIÈME ACTEUR : Il veut nous faire improviser
un drame, comme ça, au pied levé ?

LE JEUNE PREMIER : Eh oui ! Comme les acteurs de
la Commedia dell'Arte !

LA PREMIÈRE ACTRICE : Ah, s'il croit que je vais
me prêter à des plaisanteries de ce genre !

L'INGÉNUE : Mais je ne marche pas, moi non plus !

UN QUATRIÈME ACTEUR : Je voudrais bien savoir qui
ils sont, ceux-là.

Il fait allusion aux Personnages.

LE TROISIÈME ACTEUR : Que veux-tu qu'ils soient ?
Des fous ou des escrocs !

LE JEUNE PREMIER : Et lui, il accepte de les écouter ?

L'INGÉNUE : La vanité ! La vanité de figurer comme
auteur...

LE PREMIER ACTEUR : Mais c'est inouï ! Si le théâtre,
mes amis, doit se réduire à ça...

UN CINQUIÈME ACTEUR : Moi, ça m'amuse !

LE TROISIÈME ACTEUR : Ma foi ! Après tout, voyons
ce qui va en sortir.

*Et, en causant ainsi entre eux, les Acteurs quittent
la scène, les uns en sortant par la petite porte
du fond, les autres en rentrant dans leurs loges.*

Le rideau reste levé.
La représentation s'interrompt pendant une ving-
taine de minutes.

La sonnerie de théâtre annonce que la représen-
tation recommence[25].
Des loges, de la porte, et aussi de la salle
reviennent sur la scène les Acteurs, le Régisseur,
le Machiniste, le Souffleur, l'Accessoiriste et en
même temps, de sa loge, le Directeur-Chef de la
Troupe avec les Six Personnages.
Une fois éteintes les lumières de la salle, on
rétablit sur la scène l'éclairage précédent[26].

LE DIRECTEUR : Allons! Allons! Mesdames et Messieurs! Nous sommes tous ici? Attention, attention!
On commence! – Machiniste?

LE MACHINISTE : Me voici!

LE DIRECTEUR : Montez tout de suite le décor du
petit salon[27]. Il suffira de deux portants et d'une toile
de fond, avec une porte. Tout de suite, je vous en
prie!

Le Machiniste part tout de suite en courant pour
faire le nécessaire; et tandis que le Directeur se
concerte avec le Régisseur, l'Accessoiriste, le Souf-
fleur et les Acteurs sur la représentation imminente,
il installe le simulacre de décor indiqué : deux
portants et une toile de fond à raies roses et or,
avec une porte[28].

LE DIRECTEUR (*à l'Accessoiriste*) : Vous, voyez un
peu s'il y a, au magasin, un divan-lit.

L'ACCESSOIRISTE : Oui Monsieur : il y a le vert.

LA BELLE-FILLE : Non! Non! Comment, vert? Il
était jaune, à fleurs, en peluche, très grand! Très
confortable.

L'ACCESSOIRISTE : Ah, comme ça, il n'y en a pas.

LE DIRECTEUR : Mais ça n'a pas d'importance ! Mettez celui qu'il y a.

LA BELLE-FILLE : Comment, ça n'a pas d'importance ? Le fameux sofa de Madame Pace !

LE DIRECTEUR : Maintenant, c'est pour répéter. Je vous en prie, ne vous en mêlez pas !

Au Régisseur :

Voyez s'il y a une vitrine plutôt longue et basse.

LA BELLE-FILLE : Le guéridon, le guéridon d'acajou pour l'enveloppe bleu clair !

LE RÉGISSEUR *(au Directeur)* : Il y a le petit, doré !

LE DIRECTEUR : Ça va, prenez celui-là.

LE PÈRE : Une psyché.

LA BELLE-FILLE : Et un paravent ! Un paravent, je vous en prie : sinon, comment est-ce que je fais ?

LE RÉGISSEUR : Oui Madame, des paravents, nous en avons beaucoup, n'ayez crainte.

LE DIRECTEUR *(à la Belle-fille)* : Et puis plusieurs porte-manteaux, n'est-ce pas ?

LA BELLE-FILLE : Oui, beaucoup, beaucoup !

LE DIRECTEUR : Voyez combien il y en a, et faites-les apporter.

LE RÉGISSEUR : Oui Monsieur, je m'en occupe !

Le Régisseur part en courant, lui aussi, pour faire le nécessaire ; et, tandis que le Directeur continue à parler avec le Souffleur, puis avec les Personnages et les Acteurs, il fait apporter par les Monteurs les meubles indiqués, et les dispose selon ce qui lui paraît le plus opportun.

LE DIRECTEUR *(au Souffleur)* : Vous, pendant ce temps, allez à votre place. Regardez : ça, c'est le plan des scènes, acte par acte.

Il lui tend quelques feuilles de papier.

Mais il va falloir que vous fassiez une prouesse.

LE SOUFFLEUR : Sténographier ?

LE DIRECTEUR *(avec une joyeuse surprise)* : Ah, mais très bien ! Vous connaissez la sténographie ?

LE SOUFFLEUR : Je ne sais peut-être pas souffler : mais la sténographie...

LE DIRECTEUR : Mais alors, ça va de mieux en mieux !

S'adressant à un Monteur :

Allez prendre du papier dans ma loge : beaucoup, beaucoup, tout ce que vous trouvez !

Le Monteur part en courant, et revient peu après avec une jolie quantité de papier, qu'il tend au Souffleur.

LE DIRECTEUR *(enchaînant, au Souffleur)* : Suivez les scènes, au fur et à mesure qu'elles seront représentées, et essayez de fixer les répliques, au moins les plus importantes.

Puis, s'adressant aux Acteurs :

Faites de la place, Mesdames et Messieurs ! Tenez : mettez-vous de ce côté

il montre à sa gauche :

et soyez très attentifs.

LA PREMIÈRE ACTRICE : Mais pardon, nous...

LE DIRECTEUR *(prenant les devants)* : Il n'y aura pas à improviser, soyez tranquille !

LE PREMIER ACTEUR : Et que devons-nous faire ?

LE DIRECTEUR : Rien ! Écouter et regarder, pour l'instant ! Chacun de vous aura, ensuite, son rôle écrit. Maintenant on va faire, tant bien que mal, une répétition ! C'est eux qui la feront !

Il montre les Personnages.

LE PÈRE *(comme tombant des nues, au milieu de l'agitation qui règne sur la scène)* : Nous ? Qu'est-ce à dire, je vous demande pardon : une répétition ?

LE DIRECTEUR : Une répétition – une répétition pour eux !

Il montre les Acteurs.

LE PÈRE : Mais puisque c'est nous, les personnages...

LE DIRECTEUR : D'accord, « les personnages[29] » ; mais ici, cher Monsieur, ce ne sont pas les personnages qui jouent. Ici, ceux qui jouent, ce sont les Acteurs. Les personnages sont là-bas, dans le texte

il montre le trou du Souffleur

– quand il y a un texte.

LE PÈRE : Justement ! Puisqu'il n'y en a pas et que, Mesdames et Messieurs, vous avez la chance de les avoir ici, vivants devant vous, les personnages[30]...

LE DIRECTEUR : Ça, c'est la meilleure ! Vous voudriez tout faire tout seuls ? Jouer, vous présenter vous-mêmes devant le public ?

LE PÈRE : Sans doute, pour être tels que nous sommes.

LE DIRECTEUR : Eh bien, je vous assure que vous offririez un fameux spectacle !

LE PREMIER ACTEUR : Et nous serions ici pour quoi faire, nous autres, alors ?

LE DIRECTEUR : Vous n'allez quand même pas vous imaginer que vous savez jouer ? Vous nous faites rire...

Les Acteurs, en effet, rient.

La preuve, vous voyez : ils rient !

Se souvenant :

Mais à propos, bien sûr ! il va falloir attribuer les rôles. Oh, c'est facile : ils sont déjà, d'eux-mêmes, attribués.

À la Seconde Actrice :

vous, Madame, LA MÈRE.

Au Père :

Il faudra lui trouver un nom.

LE PÈRE : Amélie, Monsieur.

LE DIRECTEUR : Mais ça, c'est le nom de votre

épouse. Nous n'allons tout de même pas l'appeler par son vrai nom !

LE PÈRE : Et pourquoi pas, s'il vous plaît ? Puisqu'elle s'appelle comme ça... Mais bien sûr, si ce doit être Madame...

Il montre à peine, de la main, la Seconde Actrice.

Moi, je vois celle-là

il montre la Mère

comme Amélie, Monsieur. Mais décidez vous-même...

Il se trouble de plus en plus.

Je ne sais plus que vous dire. Je commence déjà... comment cela se fait-il ? à entendre comme si elles étaient fausses, avec une autre sonorité, mes propres paroles.

LE DIRECTEUR : Mais ne vous tracassez pas, ne vous tracassez pas pour ça ! Nous veillerons, nous, à trouver le ton juste ! Et pour le nom, si vous voulez « Amélie », ce sera « Amélie » ; ou bien nous en trouverons un autre. Pour le moment, nous allons désigner les personnages ainsi :

au Jeune Premier :

vous, LE FILS ;

à la Première Actrice :

vous Mademoiselle, c'est évident, LA BELLE-FILLE.

LA BELLE-FILLE (*hilare*) : Comment, comment ? Moi, celle-là ?

Elle éclate de rire.

LE DIRECTEUR (*furieux*) : Qu'est-ce que vous avez à rire ?

LA PREMIÈRE ACTRICE (*indignée*) : Personne n'a jamais osé rire de moi ! J'exige qu'on me respecte, ou je m'en vais !

LA BELLE-FILLE : Mais non, je vous demande pardon : je ne ris pas de vous.

LE DIRECTEUR *(à la Belle-fille)* : Vous devriez vous sentir honorée d'être représentée par...

LA PREMIÈRE ACTRICE *(aussitôt, avec colère)* : ... « celle-là » !

LA BELLE-FILLE : Mais je ne parlais pas de vous, croyez-moi ! Je parlais pour moi, parce que je ne me vois absolument pas en vous, c'est tout. Je ne sais pas, non... vous ne me ressemblez en rien !

LE PÈRE : Oui, c'est cela ; voyez, Monsieur ! Notre expression...

LE DIRECTEUR : ...mais quelle expression ? Vous croyez l'avoir en vous, votre expression ? Absolument pas !

LE PÈRE : Comment ? Nous n'avons pas notre expression ?

LE DIRECTEUR : Rien du tout ! Votre expression devient ici une matière qui reçoit corps et figure, voix et gestes des acteurs, et ceux-ci – soit dit pour votre gouverne – ont su donner l'expression à de bien plus nobles matières : tandis que la vôtre est si menue que, si elle tient la scène, le mérite en reviendra tout entier, vous pouvez le croire, à mes acteurs.

LE PÈRE : Je n'ose pas vous contredire, Monsieur. Mais croyez bien que c'est une souffrance horrible, pour nous qui sommes tels que vous nous voyez, avec nos corps, avec nos figures...

LE DIRECTEUR *(tranchant, impatienté)* : ...mais on arrange avec le maquillage, on arrange avec le maquillage, cher Monsieur, pour ce qui est de la figure !

LE PÈRE : Bien, mais la voix, les gestes...

LE DIRECTEUR : ...hou, à la fin ! Ici, vous, par vous-même, vous ne pouvez pas avoir d'existence ! Ici, il y a l'acteur qui vous représente, un point c'est tout !

LE PÈRE : J'ai compris, Monsieur. Mais peut-être que, maintenant, je devine aussi pourquoi notre auteur, qui nous a vus vivants tels que nous sommes, n'a pas voulu ensuite nous préparer pour la scène. Je ne veux pas faire offense à vos acteurs, Dieu m'en garde ! Mais je pense qu'en me voyant à présent représenté... je ne sais par qui...

LE PREMIER ACTEUR *(avec hauteur, se levant et venant vers lui, suivi par les jeunes, et gaies, Actrices, qui rient)*[31] : Par moi, ne vous déplaise.

LE PÈRE *(humble et mielleux)* : Très honoré, Monsieur.

Il s'incline.

Bon, je pense que, pour autant que ce monsieur s'emploie, avec toute sa volonté et tout son art, à m'accueillir en lui...

Il se trouble.

LE PREMIER ACTEUR : Concluez, concluez.

Rire des Actrices.

LE PÈRE : Eh bien, je dis que la représentation qu'il donnera – même en s'efforçant de me ressembler grâce à son maquillage... – je dis qu'avec la taille qu'il a...

tous les Acteurs rient

cela pourra difficilement être une représentation de moi tel que je me sens réellement. Ce sera plutôt – mise à part la figure –, ce sera plutôt la façon dont il interprétera ce que je suis, comme il sentira ce que je suis – s'il le sent – et non comme moi, au-dedans de moi, je me sens ! Et il me semble que ceux qui seront amenés à porter un jugement sur nous devraient tenir compte de ça.

LE DIRECTEUR : Vous vous souciez des jugements de la critique, à présent ? Et moi qui continuais à écouter ! Laissez-la donc dire, la critique. Et nous autres, pensons plutôt à monter la pièce, si ça marche !

S'écartant, et regardant autour de lui :

Allons, allons ! Le décor est déjà installé ?

Aux Acteurs et aux Personnages :

Enlevez-vous, enlevez-vous de par là autour ! Laissez-moi voir.

Il descend de la scène[32].

Ne perdons pas encore du temps !

À la Belle-fille :

Il vous semble que le décor est bien, comme ça ?
LA BELLE-FILLE : Bah ! Moi, pour dire le vrai, je ne m'y retrouve pas.
LE DIRECTEUR : Et vas-y ! Vous n'exigerez tout de même pas qu'on vous fabrique ici, telle quelle, cette arrière-boutique de Madame Pace que vous connaissez !

Au Père :

Vous m'avez parlé d'un petit salon à ramages ?
LE PÈRE : Oui Monsieur. Blanc.
LE DIRECTEUR : Il n'est pas blanc ; il est à raies ; mais peu importe ! Pour les meubles, en gros, il me semble que nous y sommes ! Ce petit guéridon, approchez-le un peu plus, là-devant.

Les Monteurs s'exécutent.

À l'Accessoiriste :

Vous, en attendant, trouvez une enveloppe, si possible bleu clair, et donnez-la au monsieur.

Il montre le Père.

L'ACCESSOIRISTE : Une enveloppe de lettre ?
LE DIRECTEUR et LE PÈRE : De lettre, de lettre.
L'ACCESSOIRISTE : Tout de suite !

Il sort.

LE DIRECTEUR : Allons-y ! La première scène est celle de Mademoiselle.

La Première Actrice s'avance.

Mais non, attendez, vous ! Je parlais de Mademoiselle.

Il montre la Belle-fille.

Vous, vous allez regarder...

LA BELLE-FILLE *(aussitôt, enchaînant)*... comme je la vis !

LA PREMIÈRE ACTRICE *(vexée)* : Mais je saurai la vivre, moi aussi, n'ayez crainte, pour peu que je m'y mette.

LE DIRECTEUR *(se prenant la tête dans les mains)* : Mesdames et Messieurs, ne bavardons pas davantage. Donc, la première scène est celle de Mademoiselle avec Madame Pace. Ah mais...

il se trouble, regardant autour de lui, et remonte sur la scène[33]

et cette Madame Pace ?

LE PÈRE : Elle n'est pas avec nous, Monsieur.

LE DIRECTEUR : Alors, comment fait-on ?

LE PÈRE : Mais elle est vivante, elle aussi, vivante !

LE DIRECTEUR : D'accord ! Mais où est-elle ?

LE PÈRE : Attendez, laissez-moi parler.

S'adressant aux Actrices :

Si, Mesdames, vous vouliez me faire le plaisir de me donner pour un moment vos chapeaux...

LES ACTRICES *(Un peu surprises, un peu riant, en chœur)* : – Quoi ?

– Nos chapeaux ?

– Qu'est-ce qu'il dit ?

– Pourquoi ?

– Mais regardez-moi ça ?

LE DIRECTEUR : Que voulez-vous faire avec les chapeaux des dames ?

Les Acteurs rient.

LE PÈRE : Oh rien, les placer un moment sur ces porte-manteaux. Et quelques-unes devraient avoir la gentillesse de quitter aussi leur manteau.

LES ACTEURS *(même jeu que précédemment)* : – Le manteau aussi ?

– Et après ?

– Il doit être fou !

QUELQUES ACTRICES *(même jeu que précédemment)* :

– Mais pourquoi ?

– Le manteau seulement ?

LE PÈRE : Pour les pendre, un petit moment...
Faites-moi ce plaisir. Voulez-vous ?

LES ACTRICES (*quittant leurs chapeaux et quelques-unes aussi leur manteau, continuant à rire, et
allant les pendre ici ou là, aux porte-manteaux*).

– Et pourquoi pas ?

– Voilà qui est fait !

– Mais avouez qu'il est vraiment drôle !

– Nous devons les mettre en étalage ?

LE PÈRE : Vous y êtes, c'est ça, oui Madame :
comme ça, en étalage !

LE DIRECTEUR : Mais peut-on savoir pour quoi faire ?

LE PÈRE : Nous y arrivons, Mesdames : peut-être
qu'en préparant mieux, pour elle, le décor, attirée par
les objets réels de son commerce, sait-on jamais si elle
ne viendra pas parmi nous...

*Invitant à regarder vers la porte du fond de la
scène :*

Regardez ! Regardez !

*La porte du fond s'ouvre, et on voit s'avancer de
quelques pas Madame Pace[34], mégère énormément
grasse, avec une pompeuse perruque de laine
couleur carotte et une rose rouge d'un côté, à
l'espagnole ; toute maquillée, vêtue avec une élégance grotesque de soie rouge tapageuse, un
éventail de plumes dans une main et l'autre main
levée pour tenir entre deux doigts une cigarette
allumée. Aussitôt qu'elle apparaît, les Acteurs et
le Directeur bondissent hors de la scène avec des
cris d'épouvante, se précipitant par l'escabeau, et
se mettent à fuir par le couloir. La Belle-fille, au
contraire, accourt vers Madame Pace, humble
comme devant une patronne.*

LA BELLE-FILLE (*accourant*) : La voici ! La voici !

LE PÈRE (*radieux*) : C'est elle. Ne vous le disais-je
pas ? La voici !

LE DIRECTEUR *(surmontant son premier mouvement de stupeur, indigné)* : Mais qu'est-ce que c'est que ces truquages ?

LE PREMIER ACTEUR *(à peu près en même temps)* : Mais où sommes-nous, à la fin ?

LE JEUNE PREMIER *(même jeu)* : D'où sort-elle, celle-là ?

L'INGÉNUE *(même jeu)* : Ils la tenaient en réserve !

LA PREMIÈRE ACTRICE *(même jeu)* : C'est de la prestidigitation !

LE PÈRE *(dominant les protestations)* : Mais, excusez ! Pourquoi voulez-vous gâcher, au nom d'une vérité vulgaire, matérielle, ce prodige d'une réalité qui naît, évoquée, attirée, formée par le décor même, et qui a plus de droits de vivre ici que vous, parce qu'elle est bien plus vraie que vous ? Quelle actrice parmi vous représentera ensuite Madame Pace ? Eh bien, Madame Pace, c'est celle-là ! Vous m'accorderez que l'actrice qui la représentera sera moins vraie que celle-là – qui est elle-même, en personne ! Regardez : ma fille l'a reconnue et s'est aussitôt approchée d'elle. Apprêtez-vous à voir, à voir la scène !

Hésitants, le Directeur et les Acteurs remontent sur la scène[35].

Mais la scène entre la Belle-fille et Madame Pace, pendant les protestations des Acteurs et la réponse du Père, a déjà commencé, à voix basse, très doucement, en somme naturellement, comme il ne serait pas possible de la produire sur une scène. De la sorte, quand les Acteurs, invités par le Père à faire de nouveau attention, se tournent pour regarder, ils voient Madame Pace qui a déjà mis une main sous le menton de la Belle-fille pour lui faire lever la tête ; l'entendant parler d'une façon parfaitement inintelligible, ils se montrent un instant attentifs ; puis, tout de suite après, déçus.

LE DIRECTEUR : Eh bien ?

LE PREMIER ACTEUR : Mais qu'est-ce qu'elle dit ?

LA PREMIÈRE ACTRICE : Comme ça, on n'entend rien !

LE JEUNE PREMIER : Plus fort ! Plus fort !

LA BELLE-FILLE *(abandonnant Madame Pace qui sourit d'un sourire impayable, et s'avançant vers le groupe des Acteurs)* : « Plus fort », bien sûr ! Mais comment, plus fort ? Ce ne sont vraiment pas des choses qu'on peut dire tout fort. J'ai pu les dire tout fort, moi, pour lui faire honte

> *elle montre le Père*

et c'est ma vengeance ! Mais pour Madame, c'est autre chose, Mesdames et Messieurs : il y a le bagne !

LE DIRECTEUR : Ça alors ! Ah, c'est ça ? Mais ici, il faut que vous vous fassiez entendre, ma chère ! Nous ne vous entendons même pas, nous, sur la scène ! Figurez-vous quand il y aura le public au théâtre ! Il faut que la scène soit jouée. Et d'ailleurs, vous pouvez bien parler fort entre vous, parce que nous autres, nous ne serons pas ici, comme maintenant, en train d'écouter ; vous faites semblant d'être seules, dans une pièce, dans l'arrière-boutique, où personne ne peut vous entendre.

> *La Belle-fille, aimablement, souriant avec malice, fait plusieurs fois signe que non, avec le doigt.*

LE DIRECTEUR : Comment, non ?

LA BELLE-FILLE *(à voix basse, mystérieusement)* : Il y a quelqu'un qui nous entend, Monsieur, si elle,

> *elle montre Madame Pace*

elle parle fort !

LE DIRECTEUR *(catastrophé)* : Est-ce que par hasard quelqu'un d'autre doit apparaître ?

> *Les Acteurs font mine de s'enfuir de nouveau de la scène[36].*

LE PÈRE : Non, non, Monsieur. C'est à moi qu'elle fait allusion. Je dois être là-bas, moi, derrière cette porte, en train d'attendre, et Madame le sait. Et même, permettez ! J'y vais, pour être tout de suite prêt.

Il fait le geste d'y aller.

LE DIRECTEUR (*l'arrêtant*) : Mais non, attendez ! Ici, il faut respecter les exigences du théâtre ! Avant que vous ne soyez prêt...

LA BELLE-FILLE (*l'interrompant*) : Mais si, tout de suite ! Tout de suite ! Je meurs d'envie de la vivre, je vous l'ai dit, de la vivre, cette scène ! Si, lui, il veut être prêt tout de suite, moi, je suis archi-prête !

LE DIRECTEUR (*criant*) : Mais il faut qu'auparavant ait lieu, bien clairement, la scène entre vous et celle-là !

Il montre Madame Pace.

Voulez-vous le comprendre ?

LA BELLE-FILLE : Mais, mon Dieu, Monsieur, elle m'a dit ce que vous savez déjà : que le travail de ma mère, une fois de plus, est mal fait ; que le tissu est abîmé ; et qu'il faut que je fasse preuve de patience, si je veux qu'elle continue à nous aider dans notre misère.

MADAME PACE (*s'avançant, avec de grands airs importants*) : Eh oui, messié, parcé qué yé né vé pas mé profité, mé vantayé...

LE DIRECTEUR (*presque épouvanté*) : Comment, comment ? Elle parle comme ça ?

Tous les Acteurs éclatent de rire bruyamment.

LA BELLE-FILLE (*riant elle aussi*) : Oui Monsieur, elle parle comme ça, moitié espagnol moitié italien, d'une manière très drôle.

MADAME PACE : Ah, ça né mé paré pas bone civilité qué vous rire dé moua, si mé forcé dé parlé, como puedo, italiané, messié.

LE DIRECTEUR : Mais non ! Mais au contraire ! Parlez comme ça ! Parlez comme ça, Madame ! Effet assuré ! On ne peut même pas faire mieux pour rompre par un peu de comédie la crudité de la situation. Parlez, parlez comme ça ! Ça va très bien !

La Belle-Fille : Très bien ? Naturellement ! S'entendre faire certaines propositions dans un tel langage : effet assuré ! Parce que ça a presque l'air d'une farce, Monsieur. On se met à rire en s'entendant dire qu'il y a un « vié messié » qui veut « s'amouser avec migo » – n'est-ce pas, Madame ?

Madame Pace : Péti vié, si, péti vié, ma yolie. Mé sé tant mié pour toua, parcé qué si né té fé pas dé plaisir, té garantizé prudencia !

La Mère (*se révoltant, parmi la stupeur et la consternation de tous les Acteurs, qui ne faisaient pas attention à elle et qui, maintenant, l'entendant crier, se précipitent pour la retenir, en riant parce qu'en même temps elle a arraché sa perruque à Madame Pace, et l'a jetée à terre.*)[37]. Sorcière ! sorcière ! assassine ! Ma fille !

La Belle-Fille (*accourant pour retenir la Mère*) : Non, non, Maman ; non ! je t'en supplie !

Le Père (*accourant lui aussi, en même temps*) : Calme-toi, calme-toi ! Va t'asseoir !

La Mère : Mais enlevez-la de devant moi, alors !

La Belle-Fille (*au Directeur, accouru lui aussi*) : Il n'est pas possible, pas possible que ma mère soit ici !

Le Père (*lui aussi, au Directeur*) : Elles ne peuvent pas être ensemble ! C'est pour cela, voyez-vous, que lorsque nous sommes venus, celle-là n'était pas avec nous ! Vous allez comprendre que, si elles sont ensemble, forcément tout est joué d'avance.

Le Directeur : Ça n'a pas d'importance ! Pas d'importance ! Pour le moment, nous en sommes comme à une première ébauche. Tout est utile afin que moi, même ainsi, dans la confusion, je puisse attraper les divers éléments.

S'adressant à la Mère et la reconduisant, pour la faire asseoir de nouveau à sa place :

Allons allons, Madame, restez calme, calme. Rasseyez-vous !

Pendant ce temps, la Belle-fille, allant de nouveau vers le milieu de la scène, s'adresse à Madame Pace :

LA BELLE-FILLE : Bon, bon, continuons, Madame.

MADAME PACE *(vexée)* : Ah no, merzi bocou ! Yé né fé plou rien aqui, avé la présence dé ta mére.

LA BELLE-FILLE : Allons donc : faites entrer ce « vié messié, pour qué s'amousé avec migo » !

Se tournant vers tous les autres, impérieusement :

De toute façon, il faut qu'on la joue, cette scène ! Alors, allons-y !

À Madame Pace :

Vous, allez-vous-en !

MADAME PACE : Ah, yé mé va, yé mé va – sour qué yé mé va...

Furieuse, elle sort, en ramassant sa perruque et en regardant d'un air féroce les Acteurs, qui applaudissent en ricanant[38].

LA BELLE-FILLE *(au Père)* : Quant à vous, faites votre entrée ! Vous n'avez pas besoin de faire le tour ! Venez ici ! Faites semblant d'être déjà entré ! Voyez : moi, je me tiens ici, la tête basse – modestement ! – Allez, faites entendre votre voix ! Dites-moi, d'une voix changée, comme quelqu'un qui arrive de dehors : « Bonjour, Mademoiselle... »

LE DIRECTEUR *(déjà descendu de la scène)*[39] : Voyez-moi ça ! Mais à la fin du compte, c'est elle qui dirige, ou c'est moi ?

Au Père qui regarde, hésitant, perplexe :

Oui, faites ce qu'elle dit : allez là-bas, au fond, sans sortir, et revenez par ici.

Le Père s'exécute, comme effrayé, égaré. Très pâle ; mais, déjà possédé par la réalité de sa vie qui se crée, il sourit en s'approchant depuis le fond de la scène, comme encore étranger au drame qui va s'abattre sur lui. Les Acteurs deviennent tout de suite attentifs à la scène qui commence.

LE DIRECTEUR *(bas, rapidement, au Souffleur qui est dans son trou)* : Et vous, attention, attention, écrivez, à présent.

LA SCÈNE

LE PÈRE *(s'avançant, d'une voix changée)* : Bonjour, Mademoiselle.

LA BELLE-FILLE *(la tête baissée, avec un dégoût contenu)* : Bonjour.

LE PÈRE *(il l'observe un peu, par-dessous le petit chapeau qui lui cache presque le visage, et, s'apercevant qu'elle est très jeune, il s'exclame comme à part soi, un peu par satisfaction et un peu, aussi, par crainte de se compromettre dans une aventure risquée)* : Ah... – Mais... disons, ce n'est sans doute pas la première fois, n'est-ce pas, que vous venez ici ?

LA BELLE-FILLE *(même jeu que précédemment)* : Non, Monsieur.

LE PÈRE : Vous y êtes venue d'autres fois ?

Et, comme la Belle-fille fait « oui » de la tête : Plus d'une ?

Il attend un peu la réponse ; il recommence à l'observer, par-dessous son petit chapeau ; il sourit, puis il dit :

Mais alors, bon... vous ne devriez plus être aussi... Vous permettez que je vous l'enlève, moi, ce petit chapeau ?

LA BELLE-FILLE *(aussitôt, pour prendre les devants, ne contenant plus son dégoût)* : Non Monsieur, je me l'enlève moi-même.

Elle s'exécute, avec une hâte convulsive.

*La Mère assiste à la scène, avec le Fils et avec
ses deux autres enfants, plus petits et plus proches
d'elle, et qui devront toujours rester auprès d'elle,
à l'écart, du côté opposé à celui des Acteurs. Elle
est comme sur des charbons ardents et suit avec
des expressions variées – de douleur, de colère,
d'anxiété, d'horreur – les paroles et les gestes
des deux autres ; et tantôt elle se cache le visage,
tantôt elle pousse quelques gémissements.*

LA MÈRE : Oh Dieu ! Mon Dieu !

LE PÈRE *(en entendant ce gémissement, il reste
comme pétrifié pendant un long moment ; puis il reprend,
sur le même ton qu'auparavant)*[40] : Bien, donnez-le-moi,
je le dépose moi-même.

Il lui prend des mains le chapeau.

Mais sur une aussi jolie et gentille petite tête que
la vôtre, je voudrais voir un chapeau plus digne d'elle.
Alors, voulez-vous m'aider à en choisir un parmi ceux
de Madame ? Non ?

L'INGÉNUE *(l'interrompant)* : Oh, attention ! Ceux-là,
ce sont nos chapeaux !

LE DIRECTEUR *(aussitôt, très en colère)* : Silence,
bon Dieu ! Ne faites pas la maligne ! Nous sommes en
plein dans la scène !

S'adressant à la Belle-fille :

Reprenez, s'il vous plaît, Mademoiselle.

LA BELLE-FILLE *(reprenant)* : Non, merci, Monsieur.

LE PÈRE : Allons donc, ne me dites pas non ! Il
faudra que vous l'acceptiez. Je le prendrais mal... Il y
en a de jolis, regardez ! Et puis, nous ferions plaisir
à Madame. Elle les met exprès ici, en montre !

LA BELLE-FILLE : Mais non, Monsieur ; voyez : je
ne pourrais même pas le porter.

LE PÈRE : Vous dites sans doute cela à cause de
ce qu'on en penserait chez vous, en vous voyant rentrer
avec un chapeau neuf ? Allons donc ! Savez-vous
comment on fait ? Ce qu'on dit chez soi ?

LA BELLE-FILLE *(agitée, n'en pouvant plus)* : Mais non, pas pour ça, Monsieur ! Je ne pourrais pas le porter parce que je suis... Comme vous le voyez : vous auriez déjà pu vous en apercevoir !

Elle montre ses vêtements noirs.

LE PÈRE : En deuil, ah oui ! Excusez-moi. C'est vrai : je vois. Je vous demande pardon. Croyez que je suis vraiment honteux.

LA BELLE-FILLE *(faisant un effort et prenant de l'assurance, entre autres pour dominer sa colère et son dégoût)* : Laissons cela, Monsieur, laissons cela. C'est moi qui dois vous remercier et pas à vous d'être honteux, ou affligé. Ne faites plus attention, je vous en prie, à ce que je vous ai dit. Pour moi aussi, vous devez comprendre...

Elle s'efforce de sourire, et ajoute :

Il faut vraiment que je n'y pense pas, que je suis habillée comme cela.

LE DIRECTEUR *(l'interrompant, s'adressant au Souffleur dans son trou, et remontant sur la scène)*[41] : Attendez ! Attendez ! N'écrivez pas, sautez, sautez cette dernière réplique !

S'adressant au Père et à la Belle-fille :

Ça va très bien ! Très bien !

Puis, au Père seul :

Là-dessus, vous enchaînez comme nous avons décidé !

Aux Acteurs :

Elle est très jolie, cette petite scène du chapeau, vous ne trouvez pas ?

LA BELLE-FILLE : Hé, mais le plus beau arrive maintenant ! Pourquoi ne continue-t-on pas ?

LE DIRECTEUR : Patientez un moment.

S'adressant de nouveau aux Acteurs :

Il faudra, naturellement, la traiter sans trop appuyer...

LE PREMIER ACTEUR : ... de façon dégagée, bien sûr...

LA PREMIÈRE ACTRICE : Mais oui, ce ne sera pas difficile !

Au Premier Acteur :

Nous pouvons la répéter tout de suite, non ?

LE PREMIER ACTEUR : Oh, pour moi... Tenez, je vais là-bas pour faire mon entrée.

Il sort pour être prêt à rentrer par la porte du fond.

LE DIRECTEUR *(à la Première Actrice)* : Dans ce cas, donc, voyez : la scène entre vous et cette Madame Pace est finie, et je me chargerai, moi, plus tard, de l'écrire. Vous restez... Non, où allez-vous ?

LA PREMIÈRE ACTRICE : Attendez : je remets mon chapeau...

Elle le fait, allant prendre son chapeau au porte-manteau.

LE DIRECTEUR : Mais oui : très bien ! – Donc, vous restez ici, la tête basse.

LA BELLE-FILLE *(amusée)* : Mais, puisqu'elle n'est pas habillée de noir !

LA PREMIÈRE ACTRICE : Je serai habillée de noir, et d'une façon bien plus appropriée que la vôtre !

LE DIRECTEUR *(à la Belle-fille)* : Taisez-vous, je vous en prie ! Et regardez bien ! Vous allez avoir à apprendre !

Frappant dans ses mains :

Allez-y, allez-y ! L'entrée !

Et il redescend dans la salle pour saisir l'impression que fait la scène. La porte du fond s'ouvre, et le Premier Acteur s'avance, l'air dégagé, polisson, d'un vieux beau. La représentation de la scène, donnée par les Acteurs, apparaît dès les premières répliques comme autre chose, sans avoir toutefois, si peu que ce soit, l'air d'une parodie :

*elle apparaît plutôt comme retouchée pour l'amé-
liorer. Naturellement, la Belle-fille et le Père, ne
pouvant pas du tout se reconnaître dans cette
Première Actrice et ce Premier Acteur, entendant
prononcer leurs propres paroles, expriment de
diverses manières, tantôt par des gestes, tantôt
par des sourires, tantôt en protestant ouvertement
l'impression qu'elle fait sur eux : de surprise, de
stupéfaction, de souffrance, etc., comme on va le
voir par la suite. On entend clairement, de sous
son capot, la voix du Souffleur*[42].

LE PREMIER ACTEUR : « Bonjour, Mademoiselle... »
LE PÈRE *(aussitôt, n'arrivant pas à se contenir)* :
Mais non !

*En même temps, la Belle-fille, voyant le Premier
Acteur entrer de cette façon, éclate de rire.*

LE DIRECTEUR *(furieux)* : Faites silence ! Et vous,
une fois pour toutes, finissez de rire ! Comme ça, on
ne peut pas avancer !
LA BELLE-FILLE *(arrivant de l'avant-scène)*[43] : Mais
je vous demande pardon, c'est bien naturel, Monsieur !
Mademoiselle

elle montre la Première Actrice

reste là sans bouger, très comme il faut ; mais si elle
doit être moi, je puis vous assurer qu'en m'entendant
dire « bonjour » de cette façon et sur ce ton, j'aurais
éclaté de rire, exactement comme j'ai ri !
LE PÈRE *(s'avançant un peu, lui aussi)*[44] : Oui, bien
sûr... l'air, le ton...
LE DIRECTEUR : Mais quel air ? Quel ton ? Mettez-vous
de côté, maintenant, et laissez-moi voir la répétition !
LE PREMIER ACTEUR *(s'avançant)*[45] : Si je dois
représenter un vieux, qui vient dans une maison louche...
LE DIRECTEUR : Mais oui, ne faites pas attention, je
vous en supplie. Reprenez. Reprenez : ça va très bien !

Attendant que l'Acteur reprenne :

Donc...

LE PREMIER ACTEUR : « Bonjour Mademoiselle... »

LA PREMIÈRE ACTRICE : « Bonjour... »

LE PREMIER ACTEUR (*refaisant le geste du Père, à savoir d'observer par-dessous le petit chapeau, mais exprimant ensuite, de façons très distinctes, d'abord la satisfaction, puis la crainte*) : « Ah... – Mais, disons, ce n'est sans doute pas la première fois, j'espère... »

LE PÈRE (*corrigeant, ne pouvant pas s'en empêcher*) : Pas « j'espère » : « n'est-ce pas ? », « n'est-ce pas ? »

LE DIRECTEUR : Il dit « n'est-ce pas » : c'est une interrogation.

LE PREMIER ACTEUR (*désignant le Souffleur*) : Moi, j'ai entendu « j'espère ! »

LE DIRECTEUR : Mais oui, c'est la même chose, « n'est-ce pas » ou « j'espère ». Continuez, continuez... Bon, peut-être un peu moins appuyé. Bon, je vais vous le faire, moi, regardez...

> *Il remonte sur la scène, puis, refaisant, lui, le rôle depuis l'entrée :*

– « Bonjour, Mademoiselle... »

LA PREMIÈRE ACTRICE : « Bonjour. »

LE DIRECTEUR : « Ah mais... disons... »

> *s'adressant au Premier Acteur, pour lui faire remarquer la façon dont il a regardé la Première Actrice par-dessous son chapeau :*

Surprise... crainte et satisfaction...

> *Puis, reprenant, s'adressant à la Première Actrice :*

« Ce n'est sans doute pas la première fois, n'est-ce pas, que vous venez ici... »

> *De nouveau, se tournant vers le Premier Acteur, avec un regard d'intelligence :*

Je me fais comprendre ?

> *À la Première Actrice :*

Et vous alors : « Non, Monsieur ».

De nouveau, au Premier Acteur :

En somme, comment dois-je m'exprimer ? De la souplesse !

Et il redescend de la scène[46].

LA PREMIÈRE ACTRICE : « Non, Monsieur... »
LE PREMIER ACTEUR : « Vous y êtes venue d'autres fois ? Plus d'une ? »
LE DIRECTEUR : Mais non, attendez ! Laissez-la d'abord

il montre la Première Actrice

faire signe que oui. « Vous y êtes venue d'autres fois ? »

La Première Actrice lève un peu la tête en fermant à demi les yeux, péniblement, comme par dégoût ; puis, sur un « la tête baissée » du Directeur[47] elle hoche deux fois la tête.

LA BELLE-FILLE *(ne pouvant pas se retenir)* : Oh, grand Dieu !

Et tout de suite elle met une main sur sa bouche pour s'empêcher d'éclater de rire.

LE DIRECTEUR *(se tournant)* : Qu'est-ce que c'est ?
LA BELLE-FILLE *(aussitôt)* : Rien, rien !
LE DIRECTEUR *(au Premier Acteur)* : À vous, à vous. Continuez !
LE PREMIER ACTEUR : « Plus d'une ? Mais alors, bon... vous ne devriez plus être aussi... Vous permettez que je vous l'enlève, moi, ce petit chapeau ? »

Le Premier Acteur dit cette dernière réplique d'un tel ton, et l'accompagne d'un tel geste que la Belle-fille, qui est restée les mains sur la bouche, n'arrive plus, bien qu'elle veuille se retenir, à refréner son rire qui, irrésistible, éclate entre ses doigts, bruyamment.

LA PREMIÈRE ACTRICE *(indignée, reprenant sa position)* : Oh, je ne suis quand même pas ici, moi, pour faire le pitre pour celle-là !

LE PREMIER ACTEUR : Et moi non plus ! Finissons-en !

LE DIRECTEUR *(à la Belle-fille, hurlant)* : Finissez ! Finissez !

LA BELLE-FILLE : Oui, pardonnez-moi... pardonnez-moi...

LE DIRECTEUR : Vous êtes une mal élevée ! Voilà ce que vous êtes ! Une prétentieuse !

LE PÈRE *(essayant de s'interposer)* : Oui Monsieur, c'est vrai, c'est vrai ; mais pardonnez-lui...

LE DIRECTEUR *(remontant sur la scène)*[48] : Qu'est-ce que vous voulez que je pardonne ? C'est honteux !

LE PÈRE : Oui Monsieur ; mais croyez-moi, cela fait un effet tellement étrange...

LE DIRECTEUR : ... étrange ? Comment, étrange ? Pourquoi, étrange ?

LE PÈRE : J'admire, Monsieur, j'admire vos acteurs : Monsieur, là-bas,

il montre le Premier Acteur

Mademoiselle,

il montre la Première Actrice

mais, bien sûr... voilà, ils ne sont pas nous...

LE DIRECTEUR : Eh, pardi ! Comment voulez-vous qu'ils soient « vous », puisqu'ils sont les acteurs ?

LE PÈRE : Justement, les acteurs ! Et ils jouent bien nos rôles, tous les deux. Mais croyez-moi : à nos yeux, cela semble quelque chose d'autre qui voudrait être la même chose, et pourtant ne l'est pas.

LE DIRECTEUR : Mais comment, elle ne l'est pas ? Qu'est-ce qu'elle est, alors ?

LE PÈRE : Une chose qui... devient la leur, et n'est plus la nôtre.

LE DIRECTEUR : Mais cela, forcément ! Je vous l'ai déjà dit !

LE PÈRE : Oui, je comprends, je comprends...

LE DIRECTEUR : ... et donc, ça suffit !

S'adressant aux Acteurs :

Ça veut dire que nous ferons les répétitions plus

tard, entre nous, comme elles doivent être faites. Ça a toujours été pour moi une malédiction, que de répéter devant les auteurs ! Ils ne sont jamais contents !

S'adressant au Père et à la Belle-fille :

Allez, reprenons avec vous ; et voyons s'il sera possible que vous ne riiez plus.

La Belle-Fille : Ah, je ne ris plus, je ne ris plus ! Le plus beau arrive maintenant pour moi : rassurez-vous !

Le Directeur : Donc, quand vous dites : « Ne faites plus attention, je vous en prie, à ce que j'ai dit... Pour moi, vous devez comprendre ! »...

s'adressant au Père :

il faut que vous enchaîniez tout de suite : « Je comprends, ah, je comprends... » et que vous demandiez immédiatement...

La Belle-Fille *(l'interrompant)* : ... comment ? quoi ?

Le Directeur : ... la raison de votre deuil !

La Belle-Fille : Mais non, Monsieur ! Voyez : quand je lui ai dit qu'il fallait que je ne pense pas que j'étais habillée comme ça, savez-vous ce qu'il m'a répondu, lui ? « Ah, d'accord ! Alors, enlevons-la, enlevons-la tout de suite, cette petite robe ! »

Le Directeur : C'est du beau ! Ce serait fameux ! Pour faire sauter tout le théâtre, avec ça !

La Belle-Fille : Mais c'est la vérité !

Le Directeur : Mais quelle vérité, je vous le demande un peu ! Ici, nous sommes au théâtre ! La vérité, jusqu'à un certain point !

La Belle-Fille : Et alors, vous, excusez-moi, qu'est-ce que vous voulez faire ?

Le Directeur : Vous le verrez, vous le verrez. Laissez-moi faire maintenant !

La Belle-Fille : Non Monsieur ! De mon dégoût, de toutes les raisons, plus cruelles et plus abjectes les unes que les autres, pour lesquelles je suis « celle que je suis », « comme je suis », vous voudriez sans doute tirer une petite romance romantico-sentimentale, avec lui qui me demande la raison de mon deuil, et moi qui lui réponds en larmoyant qu'il y a deux mois, mon papa est mort ? Non, non, cher Monsieur ! Il faut qu'il me dise, lui, comme il me l'a dit : « Enlevons-la tout de suite, alors, cette petite robe ! » Et moi, avec dans mon cœur tout mon deuil d'à peine deux mois, je suis allée là, vous voyez ? là derrière ce paravent, et avec mes doigts qui tremblent de honte, j'ai dégrafé mon corsage, ma robe...

LE DIRECTEUR (*s'enfonçant les mains dans les cheveux*) : Pitié ! Qu'est-ce que vous dites là ?

LA BELLE-FILLE (*criant, frénétiquement*) : La vérité ! La vérité, Monsieur !

LE DIRECTEUR : Mais oui, je ne dis pas le contraire, c'est sans doute la vérité... et je comprends, je comprends toute votre horreur, Mademoiselle, mais comprenez, vous aussi, que tout cela, sur la scène, ce n'est pas possible !

LA BELLE-FILLE : Ce n'est pas possible ? Et alors, mille fois merci, moi, je ne marche pas.

LE DIRECTEUR : Mais non, voyez...

LA BELLE-FILLE : Je ne marche pas ! Je ne marche pas ! Ce qui est possible sur la scène, vous l'avez combiné ensemble, tous les deux, là-bas derrière : merci ! Je le comprends bien ! Lui, il veut arriver tout de suite à la représentation

martelant les mots

de ses tourments spirituels ; mais moi, je veux représenter mon drame ! Le mien !

LE DIRECTEUR (*excédé, haussant les épaules avec emportement*) : Oh, à la fin, le vôtre ! Excusez : il n'y a pas que le vôtre ! Il y a aussi celui des autres ! Le sien,

il montre le Père

celui de votre mère ! Il n'est pas acceptable qu'un personnage se mette ainsi trop en avant et étouffe les autres, envahissant la scène. Il faut les composer tous en un tableau harmonisé, et représenter ce qui est représentable ! Je le sais bien, moi aussi, que chacun de nous a au-dedans de lui toute une vie qui lui est propre, et qu'il voudrait l'extérioriser. Mais c'est là, justement, le difficile : en faire venir au-dehors rien que ce qui est nécessaire par rapport aux autres, et néanmoins, par ce qui est montré, faire comprendre toute l'autre vie qui reste dedans ! Ah quelle commodité, si chaque personnage pouvait, dans un beau monologue ou... bien sûr... dans une conférence, venir déballer devant le public tout ce qui bout dans sa marmite !

D'un ton bonhomme, conciliant :

Il vous faut vous contenir, Mademoiselle : et cela, croyez-moi, même dans votre intérêt. Car, par ailleurs, ça peut faire une vilaine impression, je vous en avertis, toute cette furie dévastatrice, ce dégoût exaspéré, alors que vous-même, excusez, vous avez avoué être allée avec d'autres, avant lui, chez Madame Pace : et plus d'une fois !

LA BELLE-FILLE *(baissant la tête, d'une voix profonde, après s'être concentrée un instant)* : C'est vrai ! Mais pensez que ces autres sont également lui, pour moi.

LE DIRECTEUR *(ne comprenant pas)* : Comment, les autres ? Que voulez-vous dire ?

LA BELLE-FILLE : Pour celle qui faute, Monsieur, le responsable de toutes les fautes qui suivent, n'est-ce pas toujours celui qui, le premier, a causé la chute ? Et pour moi, c'est lui, même dès avant que je ne sois née. Regardez-le : et voyez si ce n'est pas vrai !

LE DIRECTEUR : Très bien ! Et cela vous paraît peu de chose, le poids d'un pareil remords, sur lui ? Donnez-lui la possibilité de le représenter !

LA BELLE-FILLE : Et comment, je vous demande pardon, comment, je veux dire, pourrait-il représenter tous ses « nobles » remords, tous ses tourments « moraux », si vous voulez lui épargner l'horreur de s'être trouvé un beau jour avec, dans les bras, après l'avoir invitée à quitter la robe de son deuil récent, devenue femme et déjà déchue, la petite fille, Monsieur, la petite fille qu'il allait voir à la sortie de l'école ?

Elle dit ces derniers mots d'une voix tremblante d'émotion.

La Mère, en les entendant dits de cette façon, dominée par un débordement d'angoisse insoutenable, qui s'exprime d'abord par quelques gémissements étouffés, éclate finalement en un sanglot éperdu. L'émotion gagne tout le monde. Longue pause.

LA BELLE-FILLE *(à peine la Mère fait mine de se calmer, elle ajoute, sombre et résolue)* : Nous sommes ici entre nous, à présent, encore ignorés du public. Vous donnerez demain, de nous, le spectacle que vous jugerez bon, en l'arrangeant à votre façon. Mais voulez-vous le voir pour de vrai, le drame ? Éclater pour de vrai, comme ça s'est passé ?

LE DIRECTEUR : Mais oui, je ne demande pas mieux, pour en tirer dès maintenant tout ce qui sera possible !

LA BELLE-FILLE : Eh bien, faites sortir cette mère.

LA MÈRE *(s'arrachant à ses pleurs, avec un cri)* : Non, non ! Ne le permettez pas, Monsieur ! Ne le permettez pas !

LE DIRECTEUR : Mais c'est seulement pour voir, Madame !

LA MÈRE : Moi, je ne peux pas ! Je ne peux pas !

LE DIRECTEUR : Mais, excusez, puisque tout est déjà arrivé ! Je ne comprends pas !

LA MÈRE : Non, cela arrive maintenant, cela arrive toujours ! Mon martyre n'est pas simulé, Monsieur ! Moi, je suis vivante et présente, toujours, à tout moment de mon martyre, qui se renouvelle, vivant et présent, toujours. Mais ces deux petits-là, les avez-vous entendus parler ? Ils ne peuvent plus parler, Monsieur ! Ils se tiennent encore agrippés à moi pour entretenir vivant et présent mon martyre ; mais eux, pour eux-mêmes, ils n'existent pas, ils n'existent plus. Et celle-ci,

elle montre la Belle-fille

Monsieur, s'est enfuie, elle m'a échappé et s'est perdue, perdue... Si maintenant je la vois ici, devant moi, c'est encore pour cela, rien que pour cela, toujours,

toujours, pour renouveler toujours, en moi, vivant et présent, le martyre que j'ai souffert, pour elle aussi !

LE PÈRE (*solennel*) : L'instant éternel, comme je vous ai dit, Monsieur. Elle,

il montre la Belle-fille

elle est ici pour me saisir, me fixer, me tenir accroché et pendu, pour l'éternité, au pilori, à ce seul instant, fugace et honteux, de ma vie. Elle ne peut pas y renoncer et vous, Monsieur, vous ne pouvez pas, véritablement, me l'épargner.

LE DIRECTEUR : Mais oui, je ne dis pas de ne pas le représenter : il formera, précisément, le noyau de tout le premier acte, arrivant jusqu'à sa surprise, à elle...

Il montre la Mère.

LE PÈRE : Oui, c'est cela. Parce que c'est ma condamnation. Monsieur : toute notre passion, qui doit culminer dans son cri final !

Il montre, lui aussi, la Mère.

LA BELLE-FILLE : Je l'ai encore ici, dans les oreilles ! Il m'a rendue folle, ce cri ! – Vous pouvez me représenter comme vous voulez, Monsieur : ça n'a pas d'importance ! Même habillée, pourvu que j'aie au moins les bras – rien que les bras – nus, parce que, regardez, quand je me tenais comme ça,

elle s'approche du Père et appuie sa tête sur sa poitrine

la tête appuyée comme ça, et les bras comme ça autour de son cou, je voyais battre ici, dans mon bras, ici, une veine ; et alors, comme si, seule, cette veine vivante me répugnait, j'ai fermé les yeux, comme ça, comme ça, et j'ai caché ma tête contre sa poitrine !

Se tournant vers la Mère :

Crie, Maman, crie !

Elle cache sa tête contre la poitrine du Père et, les épaules redressées comme pour ne pas entendre le cri, elle ajoute, d'une voix déchirante, étouffée :

Crie, comme tu as crié, alors !

La Mère *(s'élançant pour les séparer)* : Non ! Ma fille, ma fille !

Et, après l'avoir détachée de lui :

Brute, brute, c'est ma fille ! Tu ne vois pas que c'est ma fille ?

Le Directeur *(reculant, à ce cri, jusqu'à la rampe, parmi l'émotion douloureuse des Acteurs)* : Très bien : oui, très bien ! Et alors, rideau ! Rideau !

Le Père *(accourant vers lui, bouleversé)* : Voilà, oui : parce que ça s'est vraiment passé comme ça, Monsieur !

Le Directeur *(admiratif et convaincu)* : Mais oui, ici, évidemment ! Rideau ! Rideau !

Aux cris réitérés du Directeur, le Machiniste baisse le rideau, laissant à l'extérieur, devant la rampe, le Directeur et le Père.

Le Directeur *(regardant en l'air, les bras levés)* : Mais quel âne ! Je dis « rideau » pour signifier que l'Acte doit se terminer ainsi, et on me baisse le rideau pour de vrai !

Au Père, en soulevant un pan du rideau pour rentrer sur la scène :

Oui, oui, très bien ! Très bien ! Effet assuré ! Il faut finir ainsi. Je réponds, je réponds de ce Premier Acte.

Il rentre avec le Père.

Lorsque le rideau se rouvre, on voit que les Machinistes et les Monteurs ont démonté le premier

simulacre de décor et installé, à sa place, un petit bassin de jardin.
D'un côté de la scène les Acteurs, et de l'autre les Personnages sont assis, les uns à côté des autres. Le Directeur est debout au milieu de la scène, une main sur la bouche avec le poing fermé, dans l'attitude de quelqu'un qui médite[49].

LE DIRECTEUR (*réagissant, après une courte pause*) : Bon ! Venons-en au Deuxième Acte ! Et surtout, laissez-moi faire, comme nous l'avions décidé tout d'abord : ça ira très bien !

LA BELLE-FILLE : Notre entrée chez lui

elle montre le Père

en dépit de celui-là !

elle montre le Fils

LE DIRECTEUR (*impatienté*) : D'accord, mais laissez-moi faire, vous dis-je !

LA BELLE-FILLE : Pourvu que son dépit apparaisse clairement !

LA MÈRE (*de sa place, hochant la tête*) : Pour tout le bien qui en est résulté pour nous...

LA BELLE-FILLE (*se tournant vers elle, avec brusquerie*) : N'importe ! Autant de mal pour nous, et autant de remords pour lui !

LE DIRECTEUR (*impatienté*) : J'ai compris, j'ai compris ! Et on tiendra compte de cela, au début surtout ! N'ayez crainte !

LA MÈRE (*suppliante*) : Mais faites en sorte qu'on comprenne bien, je vous en prie, Monsieur, pour ma conscience, que j'ai cherché par tous les moyens...

LA BELLE-FILLE (*l'interrompant avec colère, et enchaînant*) : ... à me calmer, à me conseiller de ne pas exciter son dépit !

Au Directeur :

Contentez-la, oui, contentez-la, parce que c'est vrai ! Moi, j'en jouis beaucoup parce que, de toute façon, on peut voir que plus elle se montre ainsi suppliante, plus elle tente de toucher son cœur, et plus celui-là se tient à distance : «a-bs-ent»! Quel plaisir!

LE DIRECTEUR : Nous allons le commencer, oui ou non, ce Second Acte?

LA BELLE-FILLE : Je ne parle plus! Mais je vous avertis que le jouer entièrement dans le jardin, comme vous le voudriez, ce ne sera pas possible.

LE DIRECTEUR : Pourquoi, ce ne sera pas possible?

LA BELLE-FILLE : Parce que lui

elle montre de nouveau le Fils

il reste tout le temps fermé dans sa chambre, à l'écart! Et puis c'est dans la maison que doit se jouer tout le rôle de ce pauvre garçon-là, perdu, comme je vous l'ai dit.

LE DIRECTEUR : Bien sûr! Mais d'autre part, vous comprendrez qu'on ne peut quand même pas mettre des écriteaux ou changer de décor à vue, trois ou quatre fois par acte!

LE PREMIER ACTEUR : On le faisait, autrefois...

LE DIRECTEUR : Oui, quand le public était, sans doute, comme cette petite fille!

LA PREMIÈRE ACTRICE : Et l'illusion était plus facile!

LE PÈRE *(avec brusquerie, se levant)* : L'illusion? Je vous en supplie, ne parlez pas d'illusion! N'employez pas ce mot qui, pour nous, est particulièrement cruel!

LE DIRECTEUR *(ahuri)* : Et pourquoi, je vous prie?

LE PÈRE : Mais oui, cruel! Cruel! Vous devriez le comprendre!

LE DIRECTEUR : Et comment devrions-nous dire, alors? L'illusion à créer, ici, pour les spectateurs....

LE PREMIER ACTEUR : ... par notre représentation...

LE DIRECTEUR : ... l'illusion d'une réalité!

LE PÈRE : Je comprends, Monsieur. Mais peut-être que vous, en revanche, vous ne pouvez pas nous comprendre, nous. Ne m'en veuillez pas! Car, voyez-vous, ici, pour vous et pour vos acteurs, il s'agit seulement – et c'est juste – d'un jeu.

LA PREMIÈRE ACTRICE *(elle l'interrompt, outrée).*

Comment, d'un jeu ? Nous ne sommes quand même pas des enfants ! Ici, on fait du théâtre avec sérieux.

LE PÈRE : Je ne dis pas non. Et je comprends, en effet, le jeu de votre art qui, justement, doit donner – comme le dit Monsieur – une parfaite illusion de réalité.

LE DIRECTEUR : Voilà, c'est bien ça !

LE PÈRE : Maintenant, si vous pensez que nous, étant donné ce que nous sommes,

> *il montre et lui-même et, sommairement, les cinq autres Personnages*

nous n'avons pas d'autre réalité que cette illusion !

LE DIRECTEUR *(ahuri, regardant ses Acteurs restés, eux aussi, comme hésitants et désorientés)* : Que voulez-vous dire ?

LE PÈRE *(après les avoir un peu observés, avec un pâle sourire)* : Mais oui, Mesdames et Messieurs ! Quelle autre réalité ? Ce qui, pour vous, est une illusion à créer, pour nous est, au contraire, notre seule réalité.

> *Une courte pause. Il s'avance de quelques pas vers le Directeur, et ajoute :*

Du reste, attention ! Cela ne nous concerne pas seulement, nous ! Pensez-y bien.

> *Il le regarde dans les yeux.*

Pouvez-vous me dire qui vous êtes, vous ?

> *Et il garde l'index pointé sur lui*[50].

LE DIRECTEUR *(troublé, avec un demi-sourire)* : Comment, qui je suis ? – Je suis moi !

LE PÈRE : Et si je vous disais que ce n'est pas vrai, parce que vous êtes moi ?

LE DIRECTEUR : Je vous répondrais que vous êtes un fou !

> *Les Acteurs rient.*

LE PÈRE : Vous avez raison de rire : parce qu'ici, on joue ;

au Directeur :

et vous pouvez donc m'objecter que c'est seulement parce qu'on joue que ce monsieur-là,

il montre le Premier Acteur

qui est « lui », doit être « moi » qui, par contre, suis moi, « celui-ci ». Vous voyez que je vous ai pris au piège ?

Les Acteurs recommencent à rire.

LE DIRECTEUR *(agacé)* : Mais cela, on l'a déjà dit tout à l'heure ! On remet ça ?

LE PÈRE : Non, non. Je ne voulais pas dire cela, en effet. Et même, je vous invite à sortir de ce jeu

regardant la Première Actrice, comme pour la devancer

– celui de l'art ! de l'art ! – que vous êtes habitué à pratiquer ici avec vos acteurs ; et de nouveau je vous demande sérieusement : qui êtes-vous ?

LE DIRECTEUR *(s'adressant, presque ébahi et en même temps irrité, aux Acteurs)* : Oh mais, vous voyez ce joli culot ! Quelqu'un qui se donne pour personnage, venir me demander, à moi, qui je suis !

LE PÈRE *(avec dignité, mais sans condescendance)* : Un personnage, Monsieur, peut toujours demander à un homme qui il est. Car un personnage a véritablement une vie à lui, caractérisée par des traits bien à lui, en raison de quoi il est toujours « quelqu'un ». Tandis qu'un homme – je ne parle pas de vous en ce moment – un homme, comme ça, en général, peut n'être « personne ».

LE DIRECTEUR : Bien sûr ! Mais vous me le demandez, à moi qui suis le Directeur ! Le Chef de la Troupe ! Est-ce que vous comprenez ?

LE PÈRE *(presque en sourdine, avec une mielleuse humilité)* : Rien que pour savoir, Monsieur, si vraiment vous, tel que vous êtes actuellement, vous vous voyez... comme vous voyez par exemple, avec le recul du temps, celui que vous étiez autrefois, avec toutes les illusions que vous vous faisiez, alors ; avec toutes les choses, au-dedans et autour de vous, telles qu'elles vous paraissaient alors – et elles étaient ainsi, elles l'étaient réellement, pour vous ! – Eh bien, Monsieur : en repensant à ces illusions qu'à présent vous ne vous faites plus ; à toutes ces choses qui maintenant ne vous « paraissent » plus être comme elles « étaient » pour vous jadis ; ne sentez-vous pas s'effondrer, je ne dis pas le plancher de cette scène, mais le sol, le sol lui-même, sous vos pieds, lorsque vous en déduisez que, de la même façon, « celui » que vous avez le sentiment d'être actuellement, toute votre réalité d'aujourd'hui, telle qu'elle est, est destinée à vous paraître une illusion, demain ?

Le Directeur *(qui n'a pas bien compris, abasourdi par cette argumentation spécieuse)* : Eh bien ? À quelle conclusion voulez-vous arriver avec cela ?

Le Père : Oh, à rien, Monsieur. À vous faire voir que si nous *(il montre de nouveau, et lui-même, et les autres Personnages)*, à part l'illusion, nous n'avons pas d'autre réalité, il serait bon que vous aussi vous vous défiiez de votre réalité, de celle qu'aujourd'hui vous respirez et que vous touchez en vous-même, parce que – comme celle d'hier – elle est destinée à se révéler à vous une illusion, demain.

Le Directeur *(se décidant à en rire)* : Ah, très bien ! Et dites par-dessus le marché que vous, avec cette comédie que vous venez me représenter ici, vous êtes plus vrai et plus réel que moi !

Le Père *(avec le plus grand sérieux)* : Mais cela, sans aucun doute, Monsieur !

Le Directeur : Ah oui ?

Le Père : Je croyais que vous l'aviez déjà compris, depuis le début.

Le Directeur : Plus réel que moi ?

Le Père : Si votre réalité peut changer du jour au lendemain...

Le Directeur : Mais on sait bien qu'elle peut changer, pardi ! Elle change continuellement ; comme celle de tous !

LE PÈRE *(dans un cri)* : Mais la nôtre non, Monsieur ! Vous voyez ? C'est ça, la différence ! Elle ne change pas, elle ne peut pas changer, ni être une autre, jamais, parce qu'elle est déjà fixée – telle qu'elle est – « celle-là » – pour toujours – (c'est terrible, Monsieur !) : une réalité immuable, qui devrait vous donner le frisson quand vous vous approchez de nous[51] !

LE DIRECTEUR *(avec brusquerie, se plantant devant lui sous le coup d'une idée qui lui vient soudainement)* : Je voudrais pourtant savoir quand donc on a vu un personnage qui, sortant de son rôle, s'est mis à pérorer sur lui comme vous le faites, et à le présenter, à l'expliquer. Pouvez-vous me le dire ? Moi, je ne l'ai jamais vu !

LE PÈRE : Vous ne l'avez jamais vu, Monsieur, parce que, d'ordinaire, les auteurs cachent le labeur de leur création. Quand les personnages sont vivants, véritablement vivants devant leur auteur, celui-ci se borne à les suivre à travers les mots, les gestes que, justement, ils lui proposent ; et il faut qu'il les veuille tels qu'ils se veulent eux-mêmes ; et gare s'il n'agit pas ainsi ! Quand un personnage est né, il acquiert tout de suite une telle indépendance, même vis-à-vis de son propre auteur, qu'il peut être imaginé par tout le monde dans un grand nombre d'autres situations dans lesquelles l'auteur n'a pas pensé à le mettre, et même à acquérir, parfois, une signification que l'auteur n'a jamais songé à lui donner !

LE DIRECTEUR : Mais oui, cela, je le sais !

LE PÈRE : Et alors, pourquoi vous étonnez-vous de nous ? Imaginez pour un personnage le malheur que je vous ai dit, d'être né vivant de l'invention d'un auteur qui a voulu, ensuite, lui refuser la vie ; et dites-moi si ce personnage laissé ainsi, vivant et sans vie, n'a pas raison de se mettre à faire ce que nous, nous sommes en train de faire maintenant, ici, devant vous, après l'avoir fait longtemps, longtemps, croyez-moi, devant lui pour le persuader, pour le pousser, en comparaissant devant lui, tantôt moi, tantôt elle, *il montre la Belle-fille*

tantôt cette pauvre mère...

LA BELLE-FILLE *(s'avançant, comme dans un rêve)*[52] :
C'est vrai : moi aussi, moi aussi, Monsieur, pour le
tenter, bien souvent, dans la mélancolie de son bureau,
à l'heure du crépuscule, quand, étalé dans un fauteuil,
il n'arrivait pas à se résoudre à tourner le bouton de
l'éclairage et laissait l'ombre envahir la pièce, et cette
ombre grouiller de nous autres, qui allions le tenter...

> *Comme si elle se voyait encore là-bas, dans ce
> bureau, et était importunée par la présence de
> tous ces Acteurs :*

Si vous vous en alliez tous ! Si vous nous laissiez
seuls ! Maman là, avec ce fils – moi avec cette petite
fille – ce garçon, là-bas, toujours tout seul – et puis
moi avec lui

> *elle montre un peu le Père*

– et puis moi seule, moi seule... – dans cette ombre

> *elle bondit tout à coup, comme si, dans la vision
> qu'elle a d'elle-même, lumineuse dans cette ombre,
> et vivante, elle voulait se saisir*

ah, ma vie ! Quelles scènes, quelles scènes nous allions
lui proposer ! Moi, moi, je le tentais plus que tous les
autres !

LE PÈRE : Eh oui ! Mais peut-être que c'est arrivé
à cause de toi : justement à cause de ton insistance
excessive, de toute ton indiscrétion !

LA BELLE-FILLE : Allons donc ! Puisque c'est lui-
même qui m'a voulue ainsi !

> *Elle vient auprès du Directeur pour lui dire, comme
> en confidence :*

Je crois, moi, Monsieur, que c'était plutôt par découragement ou par indignation à l'égard du théâtre, tel
qu'en général le public le voit et le veut[53]...

LE DIRECTEUR : Activons, activons, bon Dieu, et
venons-en au fait, Mesdames et Messieurs !

La Belle-Fille : Bon, mais, excusez : il me semble que, des faits, vous en avez même trop, avec notre arrivée chez lui !

Elle montre le Père.

Vous disiez que vous ne pouviez pas mettre des écriteaux ou changer de décor toutes les cinq minutes !

Le Directeur : Bien sûr ! Mais justement, les faits, il faut les combiner, les grouper en une action simultanée et serrée ; et pas comme vous l'exigez, vous, qui voulez voir d'abord votre petit frère qui revient de l'école et qui tourne comme une ombre d'une pièce à l'autre, se cachant derrière les portes pour méditer un projet à cause duquel – comment avez-vous dit ? –

La Belle-Fille : – il se dépulpe, Monsieur, il se dépulpe complètement.

Le Directeur : Je n'ai jamais entendu ce mot ; mais passons : « ayant seulement les yeux qui grandissent », n'est-ce pas ?

La Belle-Fille : Oui Monsieur : le voici !

Elle le montre, auprès de la Mère.

Le Directeur : Bravo ! Et puis, en même temps, vous voudrez aussi cette petite fille qui joue, sans rien savoir, dans le jardin. L'un dans la maison et l'autre dans le jardin : est-ce possible ?

La Belle-Fille : Ah, dans le soleil, Monsieur, heureuse ! C'est là ma seule récompense : sa joie, la fête que c'est pour elle, dans ce jardin. Tirée de la misère, de la désolation d'une horrible chambre où nous dormions tous les quatre – et moi avec elle – moi, pensez donc ! avec l'horreur de mon corps souillé, à côté d'elle qui me serrait fort, fort, avec ses petits bras affectueux et innocents ! Dans le jardin, dès qu'elle me voyait, elle accourait me prendre par la main. Les grandes fleurs, elle ne les voyait pas ; elle allait découvrir, au contraire, toutes les « pitites, pitites », et elle voulait me les montrer, s'en faisant une fête, une fête !

*En disant ces mots, déchirée par ce souvenir, elle
éclate en sanglots longs, désespérés, laissant
tomber sa tête dans ses bras, abandonnés sur le
guéridon. L'émotion gagne tout le monde. Le
Directeur s'approche d'elle presque paternellement
et lui dit, pour la réconforter[54] :*

LE DIRECTEUR : Nous ferons le jardin, nous le ferons,
n'ayez crainte : et vous verrez que vous en serez
contente ! Les scènes, nous les regrouperons là.

Appelant un Monteur :

Hé, toi, descends-moi des panneaux représentant des
arbres ! Deux petits cyprès, ici, devant ce bassin !

*On voit descendre du haut de la scène deux petits
cyprès. Le Machiniste, accourant, fixe avec des
clous le bas des deux panneaux.*

LE DIRECTEUR *(à la Belle-fille)* : Comme ça, tant
bien que mal, maintenant, pour donner une idée.

Il rappelle le Monteur :

Hé, toi, donne-moi maintenant un peu de ciel !
LE MONTEUR *(d'en haut)* : Quoi ?
LE DIRECTEUR : Un peu de ciel ! Un arrière-plan de
décor, qui se dispose ici, derrière ce bassin !

*On voit descendre du haut de la scène une toile
blanche.*

LE DIRECTEUR : Mais pas blanc ! Je t'ai dit : du
ciel ! Ça ne fait rien, laisse : je vais arranger ça.

Appelant :

Hé là, l'électricien, éteins tout et donne-moi un peu
d'atmosphère... une atmosphère de clair de lune... du
bleu, du bleu aux herses et du bleu sur la toile, par
le réflecteur... Comme ça ! Ça suffit !

*Sur son ordre, s'est installé un mystérieux décor
de clair de lune, qui incite les Acteurs à parler*

et à se déplacer comme dans le soir, dans un jardin, sous la lune[55].

Le Directeur *(à la Belle-fille)* : Voilà, regardez ! Et maintenant le garçon, au lieu de se cacher derrière les portes des pièces, pourrait circuler ici dans le jardin, en se cachant derrière les arbres. Mais vous comprenez qu'il sera difficile de trouver une petite fille qui joue bien la scène avec vous, celle où elle vous montre les petites fleurs.

S'adressant à l'Adolescent :

Venez, venez par ici, vous, plutôt. Essayons de réaliser un peu ça.

Et comme l'Adolescent ne bouge pas :

Avancez, avancez !

Puis le tirant vers lui, cherchant à lui faire tenir la tête droite : mais chaque fois elle retombe[56] :

Ah mais, dites-moi, une belle tuile aussi, ce garçon-là... Qu'est-ce qu'il a donc ?... Grand Dieu, il faudrait quand même qu'il dise quelque chose...

Il s'approche de lui, lui met une main sur l'épaule, le mène derrière le panneau représentant des arbres.

Venez, venez un peu : faites-moi voir ! Cachez-vous un peu là... Comme ça... Essayez d'avancer un peu la tête, pour épier...

Il s'écarte pour voir l'effet : et dès que l'Adolescent exécute le mouvement, parmi l'émotion douloureuse des Acteurs, qui en sont très impressionnés :

Ah, très bien... très bien...

S'adressant à la Belle-Fille :

Et dites-moi : si la petite fille, le surprenant ainsi en train d'épier, accourait vers lui et lui tirait de la bouche au moins quelques mots ?

LA BELLE-FILLE *(se mettant debout)*[57] : N'espérez pas qu'il parle, tant qu'il y aura celui-là !

Elle montre le Fils.

Il faudrait qu'auparavant vous le fassiez partir, celui-là !

LE FILS *(s'avançant d'un air décidé vers l'un des deux escabeaux)* : Mais tout de suite ! Ravi ! Je ne demande pas mieux !

LE DIRECTEUR *(aussitôt, le retenant)* : Non ! Où allez-vous ? Attendez !

La Mère se dresse, affolée, angoissée à la pensée qu'il puisse vraiment s'en aller, et, instinctivement, elle tend les bras comme pour le retenir, quoique sans quitter sa place.

LE FILS *(arrivé à la rampe[58], au Directeur qui le retient)* : Je n'ai vraiment rien, moi, à faire ici ! Laissez-moi m'en aller, je vous en prie ! Laissez-moi m'en aller !

LE DIRECTEUR : Comment, vous n'avez rien à faire ici ?

LA BELLE-FILLE *(tranquillement, avec ironie)* : Ne le retenez donc pas ! Il ne s'en va pas !

LE PÈRE : Il doit représenter la terrible scène du jardin, avec sa mère.

LE FILS *(aussitôt, décidé, furieusement)* : Moi, je ne représente rien ! Et je l'ai déclaré dès le début.

Au Directeur :

Laissez-moi m'en aller !

LA BELLE-FILLE *(accourant, au Directeur)* : Vous permettez, Monsieur ?

Elle lui fait baisser les bras avec lesquels il retient le Fils.

Lâchez-le !

Puis, s'adressant à lui, dès que le Directeur l'a lâché :

Eh bien, va-t'en !

*Le Fils reste tendu en avant, vers l'escabeau mais,
comme lié par un pouvoir occulte, il ne peut pas
en descendre les marches ; puis, au milieu de la
stupeur et de la perplexité anxieuse des Acteurs,
il se dirige lentement le long de la rampe, vers
l'autre escabeau de la scène ; mais, une fois arrivé,
il reste, là aussi, tendu en avant, sans pouvoir
descendre. La Belle-fille, qui l'a suivi des yeux,
dans une attitude de défi, éclate de rire*[59].

Il ne peut pas, vous voyez ? Il ne peut pas ! Il doit
rester ici, forcément, lié à sa chaîne, indissolublement.
Mais si moi qui prends le large, Monsieur, quand arrive
ce qui doit arriver – précisément à cause de la haine
que je sens pour lui, précisément pour ne plus le voir
devant moi – eh bien, si moi je suis encore ici, et si
je supporte sa vue et sa compagnie – figurez-vous s'il
peut s'en aller, lui qui doit, qui doit vraiment rester
ici avec son charmant père et avec cette mère-là qui,
désormais, n'a plus d'autre enfant que lui...

S'adressant à la Mère :

Eh bien, allons, Maman ! Viens...

S'adressant au Directeur, pour la lui montrer :

Regardez : elle s'était levée, elle s'était levée pour
le retenir...

*À la Mère, l'attirant à elle comme par une puis-
sance magique*[60] :

Viens, viens...

Puis au Directeur :

Imaginez quelle envie elle peut avoir de montrer ici,
à vos acteurs, ce qu'elle éprouve ; mais si grand est
son désir de se rapprocher de lui que – la voici –
vous voyez ? – elle accepte de vivre sa scène !

*De fait, la Mère s'est rapprochée, et dès que la
Belle-fille finit de prononcer ces derniers mots,
elle ouvre les bras en signe qu'elle consent.*

LE FILS *(aussitôt)* : Ah, mais pas moi ! Pas moi !
Si je ne peux pas m'en aller, je resterai ici ; mais je
vous répète que, moi, je ne représente rien !

LE PÈRE *(au Directeur, frémissant)* : Vous pouvez
l'y obliger, vous, Monsieur !

LE FILS : Personne ne peut m'y obliger !

LE PÈRE : Je t'y obligerai, moi.

LA BELLE-FILLE : Attendez ! Attendez ! D'abord, la
petite fille au bord du bassin.

*Elle court chercher la Fillette, se baisse devant
elle, prend son petit visage dans ses mains.*

Mon pauvre petit amour, tu regardes, toute perdue,
avec tes beaux grands yeux : Dieu sait où tu crois
être ! Nous sommes sur une scène de théâtre, ma chérie !
Qu'est-ce que c'est, une scène ? Mais, vois-tu, c'est
un endroit où l'on s'amuse à jouer pour de vrai. On
y joue la comédie. Et nous, maintenant, nous allons
jouer la comédie. Pour de vrai, tu sais ! Toi aussi...

*Elle l'embrasse, la serrant sur sa poitrine, en se
balançant un peu.*

Oh, mon petit amour, mon petit amour, quelle vilaine
comédie tu vas jouer, toi ! Quelle chose horrible a été
conçue pour toi ! Le jardin, le bassin... Bah, il est faux,
on le sait ! Le malheur, ma chérie, c'est que tout est
faux ici ! Ah, mais bien sûr, peut-être que toi, qui es
une petite fille, tu aimes mieux un faux bassin qu'un
vrai : pour pouvoir y jouer, n'est-ce pas ? Mais non !
Pour les autres ce sera un jeu ; malheureusement, pas
pour toi qui es vraie, mon petit amour, et qui joues
pour de vrai dans un vrai bassin, un beau, grand, vert,
avec tout plein de bambous qui l'ombragent en s'y
reflétant, et tout plein, tout plein de petits canards qui
y nagent, fendant cette ombre. Tu veux en attraper un,
un de ces petits canards...

Avec un cri qui remplit tout le monde d'effroi :

Non, ma Rosetta, non ! Maman ne fait pas attention à toi, à cause de cette canaille de fils, là-bas ! Moi, je suis avec mes cinq cents diables dans la tête... Et celui-là...

Elle quitte la Fillette et s'adresse, avec son habituelle maussaderie, à l'Adolescent.

Qu'est-ce que tu fais ici, avec toujours cet air de mendiant ? Ce sera aussi à cause de toi, si cette petite se noie ; à cause de ta façon d'être comme ça, comme si moi, en vous faisant entrer dans cette maison, je n'avais pas payé pour tous !

Lui saisissant un bras, pour l'obliger à sortir la main de sa poche :

Qu'est-ce que tu as là ? Qu'est-ce que tu caches ? Dehors, dehors cette main !

Elle lui arrache la main de sa poche et, au milieu de l'horreur générale, elle découvre que cette main serre un revolver. Elle le regarde un instant, comme satisfaite ; puis elle dit, sombre :

Ah ! Où te l'es-tu procuré ? Comment ?

Et comme l'Adolescent, affolé avec ses yeux écarquillés et vagues de toujours, ne répond pas :

Idiot, à ta place, au lieu de me tuer, moi, j'aurais tué un de ces deux-là, ou bien tous les deux : le père et le fils[61] !

Elle le repousse derrière le petit cyprès d'où il épiait ; puis elle prend la Fillette et la dépose dans le bassin, en la couchant de telle façon qu'elle reste cachée ; et finalement, elle s'affaisse, là, le visage dans ses bras appuyés au bord du bassin[62].

Le Directeur : Très bien !

S'adressant au Fils :

Et en même temps...

Le Fils *(avec colère)* : Comment, en même temps ? Ce n'est pas vrai, Monsieur ! Il n'y a eu aucune scène entre elle et moi !

Il montre la Mère.

Faites-le-vous dire par elle-même, comment ça s'est passé.

Pendant ce temps, la Seconde Actrice et le Jeune Premier se sont détachés du groupe des Acteurs ; et elle s'est mise à observer avec beaucoup d'attention la Mère, qui se trouve en face d'elle, et lui, il observe le Fils – pour pouvoir ensuite reprendre leurs rôles.

La Mère : Oui, c'est vrai, Monsieur ! J'étais entrée dans sa chambre.

Le Fils : Dans ma chambre, vous avez compris ? Pas dans le jardin !

Le Directeur : Mais ça n'a pas d'importance ! J'ai dit qu'il faut regrouper l'action !

Le Fils *(s'apercevant que le Jeune Premier l'observe)* : Qu'est-ce que vous voulez, vous ?

Le Jeune Premier : Rien : je vous observe.

Le Fils *(se tournant de l'autre côté vers la Seconde Actrice)* : Ah, et là, c'est vous ? Pour reprendre son rôle ?

Il montre la Mère.

Le Directeur : Justement ! Justement ! Et vous devriez leur être reconnaissant, me semble-t-il, de cette attention qu'ils vous accordent !

Le Fils : Ah oui ? Merci ! Vous n'avez donc pas encore compris que cette pièce, vous ne pouvez pas la faire ? Nous ne sommes pas en vous, pas le moins du monde, et vos acteurs s'en tiennent à nous regarder du dehors. Vous paraît-il possible que l'on vive devant un miroir qui, de plus, non content de nous glacer avec l'image de notre propre expression, nous la renvoie comme une grimace dans laquelle nous sommes méconnaissables[63] ?

LE PÈRE : Cela, c'est vrai ! C'est vrai ! Il faut que vous vous en persuadiez !

LE DIRECTEUR (*au Jeune Premier et à la Seconde Actrice*) : Bon, vous autres, enlevez-vous de là !

LE FILS : C'est inutile ! Moi, je ne marche pas.

LE DIRECTEUR : Taisez-vous maintenant, et laissez-moi entendre votre mère !

À la Mère :

Eh bien ? Vous étiez entrée ?

LA MÈRE : Oui Monsieur, dans sa chambre, parce que je n'en pouvais plus. Pour vider mon cœur de toute l'angoisse qui m'accable. Mais lui, dès qu'il m'a vue entrer...

LE FILS : ... pas de scène ! Je suis parti, parti pour ne pas faire de scène. Parce que je n'ai jamais fait de scène, moi : vous avez compris ?

LA MÈRE : C'est vrai ! C'est comme ça. Comme ça !

LE DIRECTEUR : Mais maintenant, de toute façon, il faut la jouer, cette scène entre vous et lui ! C'est indispensable !

LA MÈRE : Pour moi, Monsieur, je suis prête ! Si seulement vous me donniez, vous, le moyen de pouvoir lui parler un moment, de pouvoir lui dire tout ce que j'ai dans mon cœur !

LE PÈRE (*s'approchant du Fils, très violent*) : Tu vas le faire. Pour ta mère ! Pour ta mère !

LE FILS (*plus décidé que jamais*) : Je ne fais rien !

LE PÈRE (*le saisissant à la poitrine, et le secouant*) : Bon Dieu, obéis ! Obéis ! Tu n'entends pas comme elle te parle ? Tu n'as pas des entrailles de fils ?

LE FILS (*le saisissant lui aussi*) : Non ! Non ! Finis-en une fois pour toutes !

Agitation générale. La Mère, épouvantée, cherche à s'interposer, à les séparer.

LA MÈRE (*comme ci-dessus*) : Par pitié ! Par pitié !

Le Père *(sans le lâcher)* : Tu dois obéir ! Obéir !

Le Fils *(se colletant avec lui, et finalement le jetant à terre près de l'escabeau, au milieu de l'horreur générale)*[64] : Mais qu'est-ce que c'est que cette frénésie qui t'a pris ? Il ne se fait pas scrupule d'étaler devant tous sa honte et la nôtre ! Moi, je ne m'y prête pas ! Je ne m'y prête pas ! Et j'interprète de cette façon la volonté de celui qui n'a pas voulu nous porter à la scène.

Le Directeur : Mais puisque vous y êtes venus !

Le Fils *(désignant le Père)* : Lui, pas moi !

Le Directeur : Et vous n'êtes pas ici, vous aussi ?

Le Fils : C'est lui qui a voulu venir, nous entraînant tous et se prêtant aussi à combiner, là-bas derrière, avec vous, non seulement ce qui est réellement arrivé, mais même, comme si cela ne suffisait pas, ce qui n'a pas eu lieu.

Le Directeur : Mais dites, vous, dites au moins ce qui a eu lieu ! Dites-le-moi, à moi ! Vous êtes sorti de votre chambre, sans rien dire ?

Le Fils *(après un moment d'hésitation)*[65] : Rien. Justement pour ne pas faire une scène !

Le Directeur *(le pressant)*[66] : Eh bien, et ensuite ? Qu'avez-vous fait ?

Le Fils *(au milieu de l'attention angoissée de tous, faisant quelques pas sur l'avant-scène)*[67] : Rien... En traversant le jardin...

Il s'interrompt, sombre, absorbé.

Le Directeur *(le poussant de plus en plus à parler, impressionné par sa réticence)* : Eh bien, en traversant le jardin ?

Le Fils *(exaspéré, se cachant le visage avec un bras)*[68] : Mais pourquoi voulez-vous me faire parler, Monsieur ? C'est horrible !

La Mère tremble toute, avec des gémissements étouffés, regardant vers le bassin.

Le Directeur *(à voix basse, remarquant ce regard,*

s'adresse au Fils avec une appréhension croissante) :
La petite fille ?

LE FILS (*regardant devant lui, dans la salle*)[69] :
Là-bas, dans le bassin...

LE PÈRE (*resté par terre, montrant la Mère avec
pitié*) : Et elle le suivait, Monsieur !

LE DIRECTEUR (*au Fils, anxieusement*) : Et alors,
vous ?

LE FILS (*lentement, regardant toujours devant lui*)[70] :
Je suis accouru, je me suis précipité pour la repêcher...
Mais tout d'un coup, je me suis arrêté, parce que
derrière ces arbres, j'ai vu une chose qui m'a glacé :
le garçon, le garçon qui se tenait là, immobile, avec
des yeux de fou, en train de regarder dans le bassin
sa petite sœur noyée.

*La Belle-fille, restée penchée près du bassin pour
cacher la Fillette, répond, comme un écho venu
du fond, en sanglotant éperdument.*

Une pause[71].

J'ai voulu m'approcher, et alors...

*Derrière les arbres, où l'Adolescent est resté caché,
retentit un coup de revolver.*

LA MÈRE (*avec un cri déchirant, accourant avec le
Fils et avec tous les Acteurs, au milieu du remue-
ménage général*) : Mon fils ! Mon fils !

*Et puis, au milieu de la cohue et des cris désor-
donnés des autres :*

Au secours ! Au secours !

LE DIRECTEUR (*parmi les cris, cherchant à se frayer
un passage, tandis que l'Adolescent est soulevé par la
tête et par les pieds et porté derrière la toile blanche*)[72] :
Il s'est blessé ? Blessé pour de vrai ?

*Tous, sauf le Directeur et le Père, resté par terre
près de l'escabeau, ont disparu derrière la toile
de fond qui sert de ciel, et y restent un instant,*

chuchotant anxieusement. Puis, sortant de part et d'autre de la toile, les Acteurs rentrent en scène[73].

LA PREMIÈRE ACTRICE *(rentrant par la droite, douloureusement)* : Il est mort ! Pauvre garçon ! Il est mort ! Ah, quelle affaire !

LE PREMIER ACTEUR *(rentrant par la gauche, riant)* : Mais non, pas mort ! C'est de la fiction ! De la fiction ! N'y croyez pas !

D'AUTRES ACTEURS, VENANT DE DROITE : De la fiction ? La réalité ! La réalité ! Il est mort !

D'AUTRES ACTEURS, VENANT DE GAUCHE : Non ! De la fiction ! De la fiction !

LE PÈRE *(se levant, et criant au milieu d'eux)* : Quelle fiction ? La réalité, la réalité, Mesdames et Messieurs ! La réalité !

Et il disparaît, lui aussi, désespéré, derrière la toile de fond.

LE DIRECTEUR *(n'en pouvant plus)* : Fiction ! Réalité ! Allez au diable, tous autant que vous êtes. Lumière ! Lumière ! Lumière !

Soudainement, toute la scène et toute la salle du théâtre resplendissent d'une très vive lumière. Le Directeur souffle, comme libéré d'un cauchemar, et tous se regardent dans les yeux, hésitants, déconcertés.

Ah, Il ne m'était jamais rien arrivé de pareil ! Ils m'ont fait perdre une journée !

Il regarde sa montre.

Allez, allez-vous-en ! Qu'est-ce que vous voulez encore faire à présent ? Il est trop tard pour reprendre la répétition. À ce soir !

Et à peine les Acteurs sont-ils partis, en le saluant :

Hé là, l'électricien ! Éteins tout !

Il n'a pas fini de parler, que le théâtre se trouve plongé un instant dans la plus complète obscurité.

Hep, bon Dieu ! Laisse-moi au moins une lampe allumée, pour que je voie où je mets les pieds !

Aussitôt, derrière la toile de fond, comme par suite d'une erreur de commutateur, s'allume un réflecteur vert qui projette, grandes et nettes, les ombres des Personnages, moins celles de l'Adolescent et de la Fillette. Le Directeur, en les voyant, bondit hors de la scène, terrifié. En même temps, le projecteur, derrière la toile de fond, s'éteint, et sur la scène règne de nouveau la lumière nocturne, bleue, d'avant. Lentement, sortant du côté droit de la toile de fond, s'avance d'abord le Fils, suivi par la Mère, qui tend les bras vers lui ; puis, du côté gauche, le Père. Ils s'arrêtent au milieu de la scène, restant là comme des formes échappées d'un rêve. En dernier, de la gauche, sort la Belle-fille, qui court vers l'un des escabeaux ; sur la première marche elle s'arrête un moment pour regarder les trois autres, et éclate d'un rire strident, se précipitant ensuite par l'escabeau ; elle court le long de l'allée entre les fauteuils ; elle s'arrête encore une fois et rit de nouveau, regardant les trois autres, restés en haut ; elle disparaît dans la salle et encore une fois, venant du foyer, on entend son éclat de rire. Peu après, tombe le

Rideau.

NOTES

1. Cette portion de didascalie (de : *« Deux escabeaux »* à : *« Sur la scène »*) ne figure pas dans l'édition primitive. Dans les premières éditions, il n'y a pas communication entre la scène et la salle ; toute l'action se passe sur la scène.

2. La scène entre le Régisseur et le Machiniste, de même que la scène improvisée des Acteurs attendant le Directeur (de : *« bon nombre de chaises »* à : « Voici M. le Directeur ») ne figurent pas dans l'édition primitive. Celle de l'arrivée du Directeur, qui les suit (jusqu'à : *« devant lui le manuscrit »*), considérablement développée dans l'édition définitive, était primitivement réduite à quelques indications sommaires.

3. La scène de l'arrivée de la Première Actrice, complétée par celle de sa distraction (de : « Il manque quelqu'un ? » à : « commencez ») ne figure pas dans l'édition primitive.

4. Dans l'édition primitive, le rôle du Régisseur (qui ne figure pas dans la liste des personnages) est agrégé à celui de l'Accessoiriste.

5. Dans l'édition primitive, le texte de la didascalie concernant la première apparition des Six Personnages est celui-ci :

« Pendant ce temps, le Concierge du théâtre est entré par la petite porte de la scène et, faisant un grand tour sur la pointe des pieds, ôtant à un certain moment sa casquette galonnée, s'est approché de la table. Pendant cette manœuvre, les Six Personnages entrent, eux aussi, et s'arrêtent devant la petite porte de la scène : de telle

façon que, lorsque le Concierge les annonce au Directeur, il puisse les montrer, là-bas dans le fond, où déjà, lorsqu'ils sont apparus, une étrange, très faible lumière, à peine perceptible, s'est formée autour d'eux, comme irradiant d'eux : haleine légère de leur réalité fantastique.

Ce souffle de lumière disparaît quand ils s'avancent pour entrer en relation avec les Acteurs. Ils gardent toutefois comme une native légèreté de rêve, dans laquelle ils sont en quelque sorte suspendus, mais qui, néanmoins, n'enlève rien à la réalité essentielle de leurs formes et de leurs expressions.

Celui d'entre eux qui est désigné comme le Père... »

À partir d'ici, la description individuelle des Personnages est identique dans les diverses éditions, à l'exception des deux précisions suivantes, disparues dans l'édition définitive :

– le Père est « *plutôt gros* » ;

– le Fils « *fait voir que c'est contre sa volonté qu'il est venu là, sur une scène* ». Mais c'est seulement dans l'édition définitive qu'il porte « *un manteau violet et une longue écharpe verte enroulée autour du cou* ». (Une partie – mais une partie seulement – de l'évolution de cette didascalie est due au changement de la structure générale de la pièce rappelé ici, à la n. 1.)

6. Cette didascalie ne figure pas dans l'édition primitive : et pas non plus celles (ou les fragments de celles) qui, entre les répliques suivantes, décrivent les évolutions des Six Personnages, passant de la salle à la scène par l'un des deux escabeaux.

7. Cette didascalie ne figure pas dans l'édition primitive.

8. *Idem.* (et cf. ci-dessus, n. 4)

9. *Idem.*

10. *Idem.*

11. *Idem.*

12. L'édition primitive porte : « *s'approchant du Directeur* » (ce qui est devenu impossible, dès lors qu'une partie de l'action a lieu dans la salle).

13. Ne figure pas dans l'édition primitive.

14. *Idem.*

15. À ce point, dans l'édition primitive se placent les deux répliques suivantes, disparues dans l'édition définitive : « *LA BELLE-FILLE* : Oui Monsieur. Mais quelle santé morale, lui, Monsieur, lui, client de certains ateliers comme celui de Mme Pace ! – *LE PÈRE* : Idiote ! C'est bien par là que je suis un homme ! Cela, qui a l'air d'une incongruité, Monsieur, est la preuve la plus réelle que, moi, je suis vivant, ici devant vous ! Puisque c'est justement pour ces incongruités-là que j'en suis réduit à souffrir ce que je souffre ! »

16. Ne figure pas dans l'édition primitive.

17 et 17 bis. *Idem.*

18 et 18 bis. *Idem.*

19. *Idem.*

20. *Idem.*

21. *Idem.*

22. Dans l'édition primitive, cette réplique se poursuit ainsi : « Parce que le drame, voyez-vous, consiste en ceci, finalement : que cette mère rentrant chez moi, sa famille, née au-dehors et, pour ainsi dire, superposée, avec la mort de la petite fille, avec la tragédie de ce garçon, avec la fuite de l'aînée, finit, ne peut pas subsister, parce qu'étrangère. De sorte qu'après tant de tourments nous nous trouvons, nous trois – la mère, ce fils, moi –, par la disparition de cette famille étrangère, rendus étrangers l'un à l'autre, nous aussi, dans une désolation mortelle, qui est la vengeance, voyez-vous – comme l'a dit par dérision celui-là *(il montre le fils)* – du Démon de l'Expérimentation qui est en moi, hélas : c'est-à-dire, celui de la recherche d'un bien irréalisable, Monsieur, lorsque manque la foi absolue, cette foi qui nous fait accepter humblement la vie comme elle est ; et nous, orgueilleusement, nous voulons nous substituer à elle, en créant pour les autres une réalité que nous croyons faite pour eux, alors qu'elle ne l'est pas, Monsieur, parce que chacun de nous a en lui-même sa propre réalité, qui doit être respectée en Dieu, alors même qu'elle est mauvaise pour nous ! »

23. Ne figure pas dans l'édition primitive.

24. « Dans un quart d'heure » ne figure pas dans l'édition primitive.

25. À partir de *« La représentation recommence. »*, l'édition primitive continue : *« De la loge du Directeur sort, avec la Fillette et l'Adolescent, la Belle-fille, après avoir crié sur le seuil de la loge :* « *LA BELLE-FILLE :* – Allons donc ! Faites donc, vous ! Faites, vous ! Je ne veux rien savoir, moi, de ces embrouilles ! *(s'adressant à la Fillette, et revenant avec elle en courant sur la scène).* Viens, viens, Rosetta, courons, courons ! – *L'Adolescent les suit, perplexe, lentement, à distance. »*

Ici se place une longue réplique de la Belle-fille, parlant à la Fillette et à l'Adolescent, qui, dans l'édition définitive, a été transférée, avec quelques variantes de détails, dans la 3e partie de la pièce (de : « Mon pauvre petit amour » à « le père et le fils » ; cf. ici, pp. 134-135, et n. 61). Puis le texte primitif continue : « *De la loge arrive le Père, tout excité par le travail qui vient d'être fait. Le Directeur le suit* : – LE PÈRE : Allons, allons, ma chère, viens un moment. Nous avons tout mis au point, tout organisé. – LE DIRECTEUR (*excité lui aussi*) : Je vous en prie, Mademoiselle : pour bien décider encore sur quelques points : venez ! – LA BELLE-FILLE (*les suivant vers la loge*) : Ouf ! Mais si vous avez déjà tout combiné, vous autres ! – (*Le Père, le Directeur et la Belle-fille rentrent en hâte dans la loge, pour un instant, tandis qu'en sortent, d'abord le Fils puis, tout de suite après, la Mère.*) – LE FILS (*regardant les trois qui entrent dans la loge*) : En voilà un passe-temps ! Un beau passe-temps ! Et que je ne puisse pas m'en aller ! – *LA MÈRE tente de le regarder ; mais elle baisse les yeux aussitôt parce que, lui, il se tourne et s'éloigne. Alors, elle va s'asseoir. L'Adolescent et la Fillette s'approchent d'elle. Elle tente de regarder de nouveau le Fils et dit, humblement, en espérant pouvoir engager la conversation avec lui* : – LA MÈRE : Et n'est-ce pas pire, ce que j'ai à subir, moi ? (*Et comme le Fils montre clairement, par son attitude, qu'il ne veut pas se soucier d'elle, elle s'écrie*) : Ah Dieu ! Pourquoi donner un spectacle d'une telle cruauté ? N'était-ce pas assez que d'avoir eu l'image vécue d'un tel supplice ? Avoir en plus cette frénésie, maintenant, de le faire voir aux autres ? – LE FILS (*à part soi, mais avec l'intention que la Mère l'entende*) : Représenter !... S'il y avait au moins une raison ! Mais le sens, il l'a dégagé, lui. Comme si chacun de nous, de chaque événement de la vie, ne pouvait pas dégager le sien, selon la façon dont il l'assume : ce que dit un proverbe, en termes contraires. (*Une pause.*) Il se plaint, lui, d'avoir été découvert où et comme il ne devait pas être vu, dans une action de son existence qui devait rester cachée, hors de la réalité qu'elle devait conserver aux yeux des autres. Et moi ? Est-ce qu'il n'a pas fait en sorte qu'il m'arrive, à moi aussi, de découvrir ce qu'aucun fils ne devrait jamais découvrir ? Comment notre père et notre mère vivent et sont homme et femme, en eux-mêmes, hors de cette réalité de père et de mère que, nous, nous leur donnons ? Car, à peine cette réalité se découvre-t-elle, notre vie ne reste plus attachée à cet homme et à cette femme qu'en un seul point, et tel qu'il devrait leur faire honte, si nous le voyions. *(La Mère se cache le visage avec ses mains.)*

Pendant ce temps, des loges et de la petite porte du fond reviennent... » etc.

26. Ce paragraphe ne figure pas dans l'édition primitive.

27. Dans l'édition primitive : « *du salon blanc à ramages* ».

28. La précision : « *deux portants... avec une porte* » ne figure pas dans l'édition primitive.

29. L'édition primitive ajoute ici : « puisque ça vous fait plaisir de vous appeler encore ainsi ».

30. Dans l'édition primitive, cette réplique commence ainsi : « Je ne dis pas non, mais, excusez, les acteurs ne sont-ils pas – ne veulent-ils pas être – ne font-ils pas semblant d'être les personnages, n'est-ce pas ? Eh bien puisque, Mesdames et Messieurs, vous avez... » etc.

31. « *suivi par... qui rient* » ne figure pas dans l'édition primitive.

32. Ne figure pas dans l'édition primitive.

33. « *et remonte sur la scène* » ne figure pas dans l'édition primitive.

34. À partir de là, dans l'édition primitive, le portrait et l'entrée de Mme Pace sont réduits à : « *grosse mégère aux cheveux crêpés oxygénés, toute maquillée, vêtue, avec une élégance grotesque, de soie noire, avec une longue chaîne d'argent autour de la taille, d'où pend une paire de ciseaux. Aussitôt, la Belle-fille court au-devant d'elle, au milieu de la stupeur momentanée des Acteurs.* »

35. Ne figure pas dans l'édition primitive.

36. Dans l'édition primitive : « *Les Acteurs éclatent de rire* ».

37. À partir de : « *en riant, parce qu'en même temps* » jusqu'à : « *à terre* » : ce jeu de scène ne figure pas dans l'édition primitive.

38. De « *en ramassant* » à « *en ricanant* » : ne figure pas dans l'édition primitive.

39. Ne figure pas dans l'édition primitive.

40. *Idem.*

41. « *et remontant... scène* » ne figure pas dans l'édition primitive.

42. La première et la dernière phrase de cette didascalie ne figurent pas dans l'édition primitive.

43. Ne figure pas dans l'édition primitive.

44. *Idem.*

45. *Idem.*

46. Dans l'édition primitive, cette scène (de : « Je vais vous le faire » à « *redescend de la scène* ») est réduite à la reprise de deux répliques par le DIRECTEUR, et sans jeux de scène.

47. Ne figure pas dans l'édition primitive.

48. *Idem.*

49. Dans l'édition primitive, cette didascalie est plus circonstanciée et précise (de : « *à sa place* » à « *Seul, le Directeur* ») : « *au fond de la scène, deux ou trois panneaux représentant des arbres, entre lesquels on entrevoit une partie d'un bassin. D'un côté, à droite, est assise la Mère, et à ses côtés sont les deux enfants. Le Fils se tient du même côté, assis lui aussi, mais à l'écart, et plutôt qu'agacé, plein de honte. À l'avant-scène sont assis, aussi, la Belle-fille et le Père et, de l'autre côté, à gauche, les Acteurs, à peu près comme ils étaient avant que le rideau ne soit baissé. Seul, le Directeur...* ». Etc.

50. Ne figure pas dans l'édition primitive.

51. Dans l'édition primitive, cette réplique se continue, après « approchez de nous, », par le long dialogue suivant, entre le Père et le Directeur : « si vous avez vraiment conscience que la vôtre (réalité) est au contraire, dans le temps, une illusion transitoire et fugitive, telle que vous vous la forgez inconsciemment, aujourd'hui d'une façon et demain d'une autre, selon les événements, les conditions, les intentions, les sentiments, avec votre intelligence qui vous les représente à vous-mêmes aujourd'hui d'une façon et demain... Dieu sait comment : autant d'illusions de réalité, représentées dans cette vaine comédie de la vie, sans conclusion et qui ne peut jamais conclure parce que si, demain, elle conclut – adieu – elle est finie ! – LE DIRECTEUR : Au nom de Dieu, finissez-en donc, vous, « au moins » avec votre philosophie, et tâchons de conclure « au moins » cette pièce que, vous autres, vous m'avez amenée ici ! Vous raisonnez trop, vous raisonnez trop, mon cher Monsieur ! Savez-vous que... j'allais dire que vous m'avez l'air d'un... *(Il s'interrompt, le toise de la tête aux pieds.)* Mais oui ! À propos : vous vous êtes présenté à moi, ici, comme – disons – un « personnage » créé par un auteur qui, ensuite, n'a pas voulu tirer un drame de votre histoire, n'est-ce pas ? – LE PÈRE : C'est la pure vérité, Monsieur !

– LE DIRECTEUR : Laissez cela, voyons ! Personne d'entre nous n'y croit, parce que ce ne sont pas des choses – vous le reconnaîtrez – qu'on peut vraiment croire. Plutôt, savez-vous ce qu'il me semble ? Que vous voulez vous donner des airs, à la façon d'un certain auteur que je déteste particulièrement – je vous en avertis – quoique, malheureusement, je me sois engagé à représenter, moi aussi, quelques-unes de ses œuvres. J'en avais justement une en répétition quand vous êtes arrivés, vous autres. *(S'adressant aux Acteurs)* : Et voilà ce que nous y avons gagné ! Nous sommes tombés de mal en pis ! – LE PÈRE : Je ne sais pas, Monsieur, de quel auteur vous voulez parler. Mais croyez bien que, moi, je « sens », je « sens » ce que je pense ; et que, s'il semble que je raisonne, c'est seulement à ceux qui ne pensent pas à ce qu'ils sentent, parce que leur sentiment les aveugle. Je sais, je sais qu'à beaucoup cette façon de s'aveugler semble bien plus « humaine » : mais c'est le contraire qui est vrai, Monsieur ; parce qu'on ne raisonne (ou ne déraisonne, ce qui revient au même) jamais autant que lorsqu'on souffre, parce qu'on veut voir qu'est-ce qui a causé ses souffrances, et qui les a causées, et s'il a été juste ou injuste qu'elles soient causées ; au contraire, quand on est content, on prend son plaisir et on ne raisonne plus, comme si c'était un droit d'être content. Ce sont les bêtes, Monsieur, qui souffrent sans raisonner. Qu'un homme, lorsqu'il souffre, raisonne, on ne l'admet pas ! Qu'il souffre comme une bête, alors, oui, ça, c'est « humain » ! – LE DIRECTEUR : Mais vous voyez, vous voyez qu'en attendant, vous continuez à raisonner ! – LE PÈRE : Parce que je souffre, Monsieur ! Je ne raisonne pas ; de cette façon, je crie le pourquoi de mes souffrances. – LE DIRECTEUR » etc.

52. Ne figure pas dans l'édition primitive.

53. Ici, dans l'édition primitive, se placent une intervention du Fils et un nouveau dialogue entre le Père et le Directeur :

LE FILS *(du coin où il se tient à l'écart)* : C'est tout à fait ça, tout à fait ça, Monsieur ! – LE PÈRE : Mais pas du tout ! N'en croyez rien ! Écoutez-moi plutôt : vous ferez très bien, comme vous l'avez dit, de refréner les excès de celle-ci, qui veut en faire trop, aussi bien que de celui-là, qui ne veut faire... – LE FILS : Rien ! – LE DIRECTEUR : Ah mais, les vôtres aussi, cher Monsieur, les vôtres aussi ! Vous excédez plus que tous, c'est moi qui vous le dis ! –

LE PÈRE : Moi ? Où ? Quand ? – LE DIRECTEUR : Mais toujours ! Mais continuellement ! Mais cette opiniâtreté avec laquelle vous vous obstinez à vous faire prendre pour un personnage ! Et puis, il faut que vous raisonniez moins, voilà, que vous raisonniez moins ! – LE PÈRE : Oh, si vous me privez de représenter le tourment de mon esprit qui ne connaît pas la paix, attention ! vous me supprimez. Tout homme véritable, Monsieur, s'il s'élève un peu au-dessus des pierres, des plantes, des bêtes, ne vit pas pour vivre, sans savoir qu'il vit, mais pour donner un sens et une valeur, qui soient les siens, à la vie ! Et pour moi, c'est celle-là, la valeur que je lui donne. Je ne peux pas y renoncer pour représenter seulement « un fait », comme le voudrait celle-là *(il montre la Belle-fille)*, parce que, dans ce fait, réside sa vengeance. Je ne le peux pas et je ne le dois pas : en raison de ce que je suis ! – LE DIRECTEUR : Eh bien, c'est ça, vous voyez ! De mieux en mieux ! Maintenant, c'est vous qui ne voulez plus rien entendre, n'est-ce pas ? Tantôt l'un, tantôt l'autre ? Très bien ! Continuons ainsi, et nous arriverons vite à la fin ! – LE PÈRE : Non, non : faites, faites vous-même ! Pourvu que dans les limites du rôle que vous nous attribuerez le sacrifice, pour chacun de nous, ne soit pas excessif : c'est tout ! – LE DIRECTEUR : Comprenez que je ne puis pas vous laisser discutailler autant que vous voulez ! Le drame est action, action, et pas philosophie ! – LE PÈRE : D'accord ; pour tout dire, je n'en ferai que ce que chacun en fait quand il veut se rendre compte de ses tourments. – LE DIRECTEUR : Et quand l'action le comportera. Activons », etc.

54. Cette didascalie ne figure pas dans l'édition primitive.

55. Dans l'édition primitive, cette scène d'organisation du décor : (de « *Appelant un Monteur* » à « *sous la lune. Voilà, regardez.* ») est réduite à une didascalie prescrivant la mise en place de quelques panneaux représentant des cyprès, et d'un bassin.

56. Dans l'édition primitive, cette didascalie est seulement : « *Puis, le voyant s'approcher, perplexe, en plein désarroi* ».

57. Ne figure pas dans l'édition primitive.

58. *Idem.*

59. *Idem.*

60. Dans l'édition primitive la didascalie dit seulement : « *l'appelant d'un geste de la main* ».

61. Cette longue tirade de la Belle-fille, s'adressant à la

Fillette et à l'Adolescent (de : « Mon pauvre petit amour »
à : « le père et le fils ») se situait, dans l'édition primitive,
au début de la 2ᵉ partie de la pièce (cf. ci-dessus, n. 25).

62. Ne figure pas dans l'édition primitive.

63. La première partie de cette réplique (de : « Merci !
Vous... » à : « du dehors ») ne figure pas dans l'édition
primitive.

64. Dans l'édition primitive, on lit seulement « *le Fils,
pleurant presque de rage, crie* », et après : « frénésie qui
t'a pris » : « *on les sépare* ».

65 à 70. Ces didascalies ne figurent pas dans l'édition
primitive.

71. La seconde partie de la didascalie (de : « *répond
comme un écho* » à : « *une pause* ») ne figure pas dans
l'édition primitive.

72. La précision : « *derrière la toile blanche* » ne figure
pas dans l'édition primitive (où, dans la didascalie précédente, on lit « *avec plusieurs des Acteurs* », au lieu de
« *tous les* »).

73. À partir de là, dans l'édition primitive, la fin de la
pièce est très brusque. Deux groupes d'Acteurs échangent,
sur le sort de l'Adolescent, des affirmations opposées ; le
Père s'exclame : « Comment, fiction ? Réalité, Monsieur »
et se joint à eux ; et le Directeur, après avoir envoyé tout
le monde au diable, conclut : « Il ne m'était jamais rien
arrivé de semblable. Ils m'ont fait perdre une journée »,
avant que ne tombe le rideau. Ni le congé du Directeur
aux Acteurs, ni la longue didascalie terminale ne figurent
dans cette première version.

Table

2128

Imprimé en France sur Presse Offset par

BRODARD & TAUPIN

GROUPE CPI

La Flèche (Sarthe).
N° d'imprimeur : 24148 – Dépôt légal Éditeur 47593-08/2004
Édition 02
LIBRAIRIE GÉNÉRALE FRANÇAISE - 31, rue de Fleurus - 75006 Paris.

ISBN : 2 - 253 - 13886 - X   31/3886/4